Dora Bonacelli

Ein Platz in der Kälte Deutschlands

Ein Platz in der Kälte Deutschlands

© 2021 Dora Bonacelli

1. Auflage

Autor: Dora Bonacelli

Umschlaggestaltung, Illustration: Daniela Magnani-Hüller

Korrektorat: tredition GmbH, Hamburg

Lektorat: Mentorium GmbH, Berlin

Übersetzung: Tom Hiltensberger, Norbert Hüller

Verlag und Druck: tredition GmbH, Halenreie 42, 22359 Hamburg

ISBN:

978-3-347-24580-8 (Paperback)
978-3-347-24581-5 (Hardcover)
978-3-347-24582-2 (e-Book)

Bibliografische Information der Deutschen Nationalbibliothek:

Die Deutsche Nationalbibliothek verzeichnet diese Publikation in der Deutschen Nationalbibliografie; detaillierte bibliografische Daten sind im Internet über http://dnb.d-nb.de abrufbar.

Inhalt

1 Ein guter Grund zu schreiben

Ich bin kein Jorge Amado und möchte auch keine Kopie von Machado de Assis sein. Ich würde gerne so schreiben wie diese und andere wundervolle Schriftsteller, die ich gelesen und in die ich mich verliebt habe.

Als Jugendliche las ich die großen Schriftsteller Carlos Drummond de Andrade, Fernando Pessoa, Fernando Sabino, Rubem Braga, Vinícius de Moraes usw. Wenn ich einen vergessen habe, so seht es mir bitte nach, meine Meister, denn von euch gibt es viele, und ihr alle seid fantastisch.

Ich dachte daran, einen von ihnen zu heiraten. Mein Traum ...

Tatsächlich habe ich zweimal geheiratet: Meine erste Ehe ging ich mit einem Piloten ein. Die Hochzeit geschah aus einer dieser fulminanten Leidenschaften heraus, die sich genauso schnell verzogen wie Rauch. Ehe ich mich versah, bemerkte ich, dass wir überhaupt nicht zueinanderpassten, aber es blieb etwas sehr Wichtiges: unsere Tochter Ana.

Bei meiner zweiten Hochzeit habe ich einen Deutschen geheiratet. Sein superuninteressantes Leben verwandelte ich in ein Superaufregendes, genau wie das Formel-I-Rennen von Monte Carlo, voller scharfer Kurven und malerischer Landschaften.

Das Leben mit einer Frau aus Rio ist nicht leicht für ihn. Obendrein haben wir unsere Tochter Clara, eine temperamentvolle Halbbrasilianerin. Nun, mein Leben war immer voller Höhen und Tiefen. Die Höhen waren so hoch, dass ich manchmal Angst hatte, von dort oben herunterzufallen, und die Tiefen waren so tief, dass ich ganz in die Hocke gehen musste, um durchzukommen. Ich glaube, ich habe einen guten Grund, zu schreiben und über all das zu sprechen, was mir passiert ist. Über mich kann man tratschen, so viel man will, ich bin genau wie die berühmte Schauspielerin aus der brasilianischen Seifenoper. Egal, ob gut oder schlecht: Hauptsache, ihr sprecht über mich. Ich bin mir sicher, dass meine Familie beim Lesen dieses Buches eine Menge Spaß haben wird und hofft, dass endlich das Geld sprudelt, welches ich in Deutschland verdient habe. Apropos Geld: Es kommen auch Leute im Buch vor, die denken, ja, die sich sicher sind, dass mein Name DB, also „Deutsche Bank", lautet, da er auch mit „D" beginnt, und die gern ein paar „DM" abhätten, aber das wird wohl nichts, da die Deutsche Mark ja schon lange passé ist. Jetzt gibt es nur noch den Euro.

Derzeit bin ich Teil des Arbeitslosenheeres in Deutschland, und vorher war ich nur eine einfache Postangestellte. Ich habe immer zu der Sorte Kriegerinnen gehört, die kämpfen. Und weil wir gerade vom Euro sprechen: Er hat für uns alle, die wir hier in Europa leben, alles viel teurer gemacht. Früher hat man für ein Produkt 1,99 DM bezahlt; jetzt zahlt man für das gleiche Produkt 1,99 Euro – und das, obwohl eine Mark die Hälfte von einem Euro wert war!

Doch zurück zum Thema Familie. Da ich dachte, dass eine kleine Pause uns guttun würde, wagte ich die Flucht nach Deutschland. Ich wollte einige Kilometer und eine sehr seltsame und komplexe Sprache zwischen uns stellen. Zwar löste ich damit das Problem, verkomplizierte es gleichzeitig jedoch auch. Aber eins nach dem anderen.

Ich habe versucht, jedes Kapitel so zu gestalten, dass es auch allein lesbar ist: Der Leser muss also nicht von Anfang bis Ende lesen, sondern kann stöbern und die Kapitel auswählen, die ihm zusagen. Ich hatte ursprünglich den Titel EIN PLATZ IN DER SONNE im Sinn, aber hier in Deutschland dauert der Sommer gerade einmal drei Monate und der Winter mehr als sechs. Daher hielt ich es für das Beste, den Titel zu EIN PLATZ IN DER KÄLTE DEUTSCHLANDS abzuändern, was der klimatischen Situation wesentlich besser entspricht.

2 Der Ablehnungskomplex

Jeder wird von einer Mutter geboren, aber ich glaube, ich wurde von einem Brutapparat geboren.

Meine Mutter sagte einmal zu mir: „Du warst ein Unfall, ein Loch im Kondom."

Ich weiß gar nicht, wie ich aus so einem winzigen Loch hätte herausschlüpfen sollen!

Tatsächlich sah sie mich immer als eine Art Gegenspieler oder als einen Stein im Schuh an. Sie meinte auch: „Ich habe immer wieder versucht, dich loszuwerden, aber du hattest schon immer deinen Dickkopf und bist dringeblieben, es ging einfach nicht. Die nach dir habe ich alle wegmachen lassen."

Ich denke, das ist einer der Gründe dafür, warum ich so wahnsinnig stur bin: Ich klebte wie eine Zecke an ihr, und sie musste neun Monate mit mir in ihrem Bauch ausharren. Eines schönen Tages erblickte ich dann das Licht der Welt.

Möglicherweise liegt mein stark ausgeprägter Ablehnungskomplex darin begründet. Mein Vater sagte einmal zu mir: „Du bist die Tochter des Nachbarn."

Auch heute noch, wenn ich mich im Spiegel betrachte, suche ich nach Ähnlichkeiten mit fast allen Nachbarn, die wir hatten, und das waren so einige (wir sind nämlich so oft umgezogen wie ein Wanderzirkus). Leider sehe ich meiner Mutter sehr ähnlich und schaue deshalb nur ungern in den Spiegel. Sie sieht das jedoch anders und denkt, dass ich das Gesicht meines Vaters habe: „Ich hasse es, wenn du mich mit dem Gesicht deines Vaters ansiehst!"

Was soll ich machen? Ich habe eben nur dieses eine Gesicht. Wenn ich den Mut und das Geld hätte, würde ich zu einem Schönheitschirurgen gehen und mich ein wenig aufhübschen lassen. Der würde dann mein Gesicht umgestalten, die Pausbäckchen entfernen und obendrein eine wohlgeformte Schädelkontur formen.

Zu meinem Vater hatte ich Kontakt, bis ich sieben Jahre alt war. Nach der Scheidung war der Kontakt auf Sonntagnachmittage und Schulferien beschränkt. Als er seine neue Familie gründete, sprach er ein ernstes Wort mit mir: „Jetzt habe ich eine neue Frau und zwei Kinder, du bist nicht Teil dieser Familie, du bist einfach die Cousine meiner Frau."

Das fand ich seltsam. Ich hatte gar nicht gewusst, dass seine neue Frau meine Verwandte war! Schließlich hatten wir ja auch unterschiedliche Nachnamen! Ich hieß Bonacelli und sie hieß Santos! War ich etwa eine uneheliche oder missratene Verwandte?

Wenn ich von meiner Stiefmutter spreche, denke ich automatisch an die Frage, die sie mir immerzu stellt: „Ist das auch gute Qualität? Ich kaufe alles nur, wenn es erstklassig ist, Schrott kommt mir nicht ins Haus!"

Bei ihr ist grundsätzlich alles besser als bei anderen. Wenn man mich fragt, hat sie einen gehörigen Minimalkomplex (auch genannt einen Minderwertigkeitskomplex). Ich hoffe, dass sie eines Tages diesen Komplex ablegen wird, wenn sie mit mir spricht.

Sie telefoniert gerne wöchentlich meinem Bruder Pedro in der Weltgeschichte hinterher (schau her, mein Kleiner, jetzt kommst du schon das zweite Mal in einem Buch vor, damit wirst du bestimmt berühmter als mit deiner Musik), in US-Amerika oder Europa, wo immer er sich gerade auch aufhält. Wenn mein Vater mich anruft (also dreimal im Jahr: an meinem Geburtstag, an dem von Clara und an Weihnachten), pflegt sie immerzu zu sagen: „Beeil dich, das ist ein Ferngespräch!" Genau wie die Stiefmutter in Aschenputtel verspricht sie meiner Tochter laufend irgendetwas und löst es dann nicht ein. Was soll das?

Meine Mutter ist sehr nett zu mir. Ein Beispiel: Ich wurde insgesamt viermal aus ihrem Haus geworfen. Das erste Mal kam es dazu, als ich fünfzehn war, also packte ich meine Koffer und zog zu meiner Großmutter mütterlicherseits.

Beim zweiten Rauswurf war ich zwanzig Jahre alt, zog zu den Eltern meines damaligen Freundes und heiratete ihn! Beim dritten Mal lebten ich und Ana in der zweiten Wohnung meiner Mutter, und sie gab mir einen Monat Zeit, um auszuziehen, weil sie die Wohnung vermieten wollte, um Geld zu verdienen. Zu dieser Zeit war ich arbeitslos, ließ mich scheiden und machte meinen Abschluss an der Universität. Der Unterhalt, den ich von meinem Ex-Mann bekam, war gerade so ausreichend, dass Ana und ich überleben konnten. Sie hingegen hatte zwei Häuser. Meine Großmutter gab mir Kraft und half mir bei der Suche nach einer Zweizimmerwohnung. Als ich ging, ließ ich meiner Mutter als Bezahlung für ein paar Möbel und die Waschmaschine, die ich ihr weggenommen hatte, meinen gesamten Schmuck da, um wenigstens ein bisschen die Wogen zu glätten.

Ich bin etwas schuldig geblieben, das ist keine Frage, und ich bezahle, sobald ich kann! Das ist mein Motto.

Beim letzten Rauswurf war ich vierunddreißig Jahre alt und musste versprechen, dass ich niemals wiederkommen würde.

Versprochen ist versprochen und wird auch nicht gebrochen. Ich bin schließlich kein Politiker, der vor den Wahlen große Versprechen macht und sich dann gemütlich zurücklehnt.

Als ich mit einer Kollegin über dieses und andere Probleme sprach, sagte sie zu mir: „Ständig bemühst du dich um deine Familie, obwohl die nie für dich da ist!"

Meine Antwort: „Meine Liebe, denen laufe ich schon lange nicht mehr hinterher. Das ist ein für alle Mal vorbei, und ich habe beschlossen, mein Leben zu leben und mich nicht mehr in ihres einzumischen."

Sie können gerne mit mir kommunizieren, aber wenn sie umziehen, hinterlassen sie mir weder die neue Adresse noch eine Telefonnummer. Manchmal muss ich Detektivin spielen und über das Internet herausfinden, wo ihr neues Versteck ist. Was soll ich machen? Leider verfüge ich nicht über einen Abschluss der okkulten Wissenschaften. Ich habe auch keine Kristallkugel parat, und außerdem denke ich, dass der brasilianische Komiker Chacrinha ganz richtiglag, als er sang: „Wer nicht kommuniziert, wird nicht erfolgreich sein."

Wenn sie mich anrufen, rufe ich an, wenn sie mir schreiben, schreibe ich. Ich mache mir keine Sorgen mehr um diese Leute, die offensichtlich kein Interesse an mir haben. Nicht umsonst sagt man in Brasilien: „jeder Affe auf seinem Ast, oder jeder für sich und Gott für alle!"

Am schlimmsten ist es an Geburtstagen oder anderen besonderen Tagen: Weihnachten, Neujahr, Muttertag usw. Sie rufen immer zu früh, zu spät oder gar nicht an. Haben sie etwa einen anderen Kalender als ich?

Meine Mutter ruft immer erst eine Woche oder einige Tage nach meinem Geburtstag an. Ob sie überhaupt weiß, an welchem Tag ich geboren wurde? Oder hat mein Vater, weil er den 1. Januar für ein schönes Datum befand, den Beamten belogen, als er mich eintragen ließ?

Einmal schrieb ich meiner Mutter: „Ich schicke dir deine Geburtstagskarte deshalb zu spät, weil ich im Urlaub in Italien war."

Interessant ist, dass sie daran nichts Seltsames fand. Hat sie meine Absicht dahinter verstanden?

3 Ohne Vorurteile

Ich hege keinerlei Vorurteile über Herkunft oder Religion. Für mich sind alle Menschen gleich, egal welche Hautfarbe sie haben, hell oder dunkel.

Für mich spielt es auch keine Rolle, ob sie katholischen, protestantischen, muslimischen oder buddhistischen Glaubens sind oder an Voodoo oder irgendeine andere Religion glauben.

Ich bin ein Mädchen von der Copacabana. In meiner Kindheit war der Strand sehr sauber. Zu unseren Füßen schwammen Fische im Wasser und wir jagten Tatuí (ein Krebs, der wegen der Umweltverschmutzung heute kaum noch vorkommt). Ich kam im Alter von fünf Jahren an und ging wieder mit dreizehn.

Ich lernte Gott und die Welt kennen und lebte in Siqueira Campos. Meine Eltern waren sehr beschäftigt und hatten nicht viel Zeit für mich, sodass ich mehrere Kindermädchen hatte, die wie Ersatzmütter für mich waren: Ich hatte schwarze, braune, weiße, freundliche, wundervolle Mütter, die sich gut um mich gekümmert haben. Als sie am Wochenende nach Hause gingen, heulte ich Rotz und Wasser, und meine Mutter fragte mich: „Willst du mitgehen?"

„Ja."

So lernte ich die Viertel Mangueira, Caxias, Raíz da Serra, Nova Iguaçu, São Gonçalo, Baixada Fluminense und so weiter kennen. Es war einfach prima! Ihre Familien behandelten mich wie eine Prinzessin, und ich war glücklich.

Ich hatte zu allen Nachbarn ein gutes Verhältnis. Im dritten Stock lebte eine jüdische Frau, mit deren Enkelin Raquel ich mich sehr gut verstand. Wir spielten oft zusammen, und einmal gingen wir gemeinsam zum Sommercamp der Synagoge. Dort produzierten wir damals mehrere Kunstwerke und sangen in der Kirche. Soweit ich weiß, war ich katholisch. Am meisten mochte ich die Pausen, denn dann gab es immer leckere Kekse mit farbenfroher Götterspeise.

Manchmal besuchte ich die Nachbarin im zwölften Stock. Sie war Libanesin, und ich spielte mit ihren Töchtern Soraia und Vanda und mit ihrem Sohn Murat. Ich liebte die Kibbehs und Sfihas, die Fatma kochte.

Ich wohnte bei Amélia, die wie eine Großmutter für mich war. Sie half mir bei den Hausaufgaben und bot mir immer die köstlichen Dinge an, die sie zubereitete. Ihre Tochter Maria Clara nahm mich mit zu allen Partys und Hochzeiten, zu denen sie ging.

Mit der Peruanerin im sechsten Stock lernte ich, „Español" zu parlieren (Spanisch).

Allerdings verbot mein Vater mir umgehend, zu Hause so zu sprechen, und verpasste mir eine Ohrfeige, nur weil ich einmal „Pica" sagte, was auf Portugiesisch – anders als im Spanischen – „Penis" bedeutet.

Ich lernte Marília Pera kennen. Sie lebte eine Weile in meinem Haus, zusammen mit Agildo Ribeiro, mit dem sie damals verheiratet war. Der spielte immer den Clown, wenn ich im vierten Stock in den Fahrstuhl stieg.

Im Hochhaus rechts von uns lebte eine Freundin namens Sara. Ihre Familie war nett, und wenn sie an den Strand gingen, riefen sie zu meinem Fenster hoch und fragten, ob ich mitkommen wollte. Ich habe sogar einmal mit ihnen auf einem Bauernhof Urlaub gemacht.

Und im Hochhaus links neben unserem hatte ich noch eine Freundin, Ivone. Sie war die Nichte der Köchin, die in einer schicken Wohnung, die die gesamte Etage zur Avenida Atlântica hin belegte, arbeitete. Wir gingen zusammen in die öffentliche Schule und sangen und sprangen, mal auf die weißen, dann wieder auf die schwarzen Stellen auf dem Muster der Copacabana-Promenade. Wir sahen, wie die Sonne wunderschön rotorange aufging und allmählich gelblich wurde.

Auf dem Rückweg von der Schule spielten wir Streiche. Zum Beispiel liefen wir sämtliche Garagen in der Avenida Atlântica oder Nossa Senhora de Copacabana rauf und runter. Die Hausmeister waren dementsprechend nicht gut auf uns zu sprechen.

Manchmal warfen wir unsere Schulranzen von der Promenade aus in den Sand und sprangen hinunter, um sie zurückzuholen. Wir kamen mit Sand verdreckt oder pitschnass nach Hause. Es gab Tage, an denen wir zwei echte Engel waren und nur die Schaufenster betrachteten.

Márcia war eine weitere, sehr arme Freundin. Sie hatte einen Bruder und lebte mit ihren Eltern in einer Wohnung zwei Häuser weiter. Bei ihr konnten wir spielen, bei mir war das verboten, mein Vater ließ uns nicht, obwohl wir viel mehr Platz hatten. Ich hatte große Angst vor ihrem Hund, weil er mich einmal gebissen hatte. Márcias Mutter war unheimlich nett.

Mein Kindermädchen Amélia war eine wundervolle Person mit einer fantastischen Hautfarbe von geröstetem Kaffee, Zähnen aus Perlmutt und einem Herz aus Gold. Ich nannte sie Arcanjica (eine Kombination aus dem portugiesischen Wort für Erzengel, *Arcanjo*, weil sie ein echter Engel war, und meiner Lieblingssüßspeise, *Canjica*, die sie immer für mich kochte). Manchmal besuchten wir ihre Freundin, die über dem Roxy-Kino arbeitete. Es war eine gute Strecke zu Fuß von Siqueira Campos bis Miguel de Lemos. Diese Familie war steinreich. Ich spielte mit deren Kindern im Wohnzimmer mit den teuersten Spielsachen, die ich je gesehen hatte: Puppenhäuser, Bleisoldaten, Porzellanpuppen mit Glasaugen, einem Schaukelpferd und vielem anderen mehr. Danach wurden immer wunderbare Leckereien aufgetischt: Butterkekse, Kuchen, feines Gebäck, Schokolade oder Tee, und ich genoss den Reis mit schwarzen Bohnen, Maniok und Bananen, den ich bei Arcanjica in der Favela (Armenviertel) bekam.

Als Teenagerin traf ich manchmal den Sänger Paulo Cezar, der im zehnten Stock wohnte. Zu dieser Zeit war er zwar noch kein berühmter Sänger, aber er sang bereits sein Lied „A Brisa". Neben Miltinho hörte ich den ganzen Tag Bossa-Nova.

Vor unserem Haus befand sich der Plattenladen „Barroso".

Auf der linken Seite war ein Laden, in dem die Strandbesucher eisgekühlten Matetee kaufen konnten. Die Verkäufer gaben mir immer ein Glas zum Probieren.

Auf der anderen Seite gab es einen Nachtclub, den ich nicht betreten durfte. Eines Morgens gelang es mir aber immerhin, einen Blick ins Innere zu erhaschen.

Ich lernte eine besonders tolle Freundin kennen. Sie sprach Spanisch, weil ihre Familie aus Argentinien kam. Ihre Eltern arbeiteten im Hotel an der Avenida Atlântica, das sich im gleichen Wohnblock wie mein Haus befand. Dank ihr konnte ich mein Spanisch verbessern, das ich mit der Peruanerin gelernt hatte. Wir fuhren tagein, tagaus mit dem Fahrrad um den Block. Meine jüngste Tante hatte mir ein schönes rotes Fahrrad geschenkt. Besser gesagt, sie hatte es mir vererbt, weil es ihr zu klein geworden war.

Ich fuhr jeden Tag zum Spielen zum Serzedelo Correia Platz.

Immer dabei war meine Hündin Bolota.

Zwei Hündinnen, die ich am Strand gefunden hatte, brachte ich mit nach Hause. Meine Mutter hatte sie daraufhin zu meiner Großmutter gebracht, aber ich durfte sie besuchen, Gott sei Dank!

Bei uns wohnten immer wieder verschiedene Leute: zuerst ein Mädchen aus dem Süden. Sie hatte einen VW-Käfer und fuhr mich damit herum.

Die zweite Bewohnerin bei uns war eine Deutsche: Sabine aus Hamburg. Von ihr habe ich gelernt, Zucchini mit Vinaigrette zuzubereiten. Sie ließ mich auch stets die deutschen Gerichte probieren, die sie kochte. Ihr Freund hieß Herbert, arbeitete für eine deutsche Fluggesellschaft und war ein wirklich netter Kerl. Er half mir bei den Schulaufgaben und band mir sogar meine Bücher und Hefte ein.

Bettina Müller vergötterte ich regelrecht. Sie war die dritte, die bei uns wohnte. Sie kam aus der Schweiz und arbeitete in einem Hotel. Ich brachte ihr Portugiesisch bei, und jeden Nachmittag, wenn sie von der Arbeit nach Hause kam, gingen wir gemeinsam an den Strand, badeten oder machten einen Spaziergang. Häufig machte sie mir Geschenke. Sie erzählte von der Schweiz und zeigte mir Bilder von Ländern, die ich mir damals nicht vorstellen konnte, die ich heute aber kenne. Einmal schenkte sie mir zu Ostern einen Schokoladenhasen von Kopenhagen (ein hervorragendes brasilianisches Schokoladengeschäft). Ich aß ihn ratzeputz auf und gab niemandem etwas davon ab. Bettina lebte fast zwei Jahre lang bei uns. Schade, dass sie uns irgendwann verlassen musste. Ich begleitete sie zum Hafen, und sie fuhr mit dem Schiff nach Europa zurück. Für eine Weile schrieben wir uns noch, aber irgendwann verloren wir den Kontakt.

Als der Vermieter meiner Mutter schließlich ein Vermögen gab, damit wir die Wohnung frei machten, zogen wir in das Haus meiner Großmutter.

4 Die Supermodernen

Meine Eltern sind hochmodern: Sie haben die sexuelle Revolution der Siebzigerjahre bereits in den Fünfziger- und Sechzigerjahren vorweggenommen. Zu dieser Zeit konnten sie bereits als Experten auf diesem Gebiet gelten, und ich durfte ganz nebenbei ihre Sexualtherapeutin spielen. Eine Rolle, der ich wohl kaum gewachsen war, geschweige denn in der Lage dazu, irgendeine Meinung darüber abzugeben.

Meine Mutter berichtete mir detailliert von all ihren Beziehungen. Mein Vater erzählte mir ebenfalls von seinen Liebesbeziehungen, einmal sogar ausführlich von einer seiner Freundinnen. Sie war zwanzig Jahre jünger als er, arbeitete als Lehrerin und hatte zufällig denselben Namen wie meine Mutter. Das deutsche Adjektiv „komisch" trifft es wohl am besten!

Über meine Intimangelegenheiten habe ich mit meinen Eltern nie gesprochen, diese Dinge bespreche ich nur mit einer oder zwei meiner Freundinnen, denen ich vertraue.

Rein psychologisch gesehen sind meine Eltern wohl ein wenig seltsam. Ich jedenfalls habe meinen Töchtern niemals etwas dahingehend anvertraut. Einmal habe ich versucht, Ana von einer sexuellen Vorliebe meiner Mutter zu erzählen, aber sie glaubte mir nicht und sagte:

„Du spinnst dir ganz schön was zusammen!"

„Liebe Tochter: Spinnen mag ich wohl, aber meinen Elektrakomplex, das Gegenteil des Ödipuskomplexes, habe ich schon vor langer Zeit abgelegt. Ich habe auch keine Ticks, und pervers bin ich auch nicht. Ich stehe auch nicht auf Partnertausch, den meine Mutter in Bezug auf unsere jeweiligen Partner immer wieder mal angeregt hat."

Ich habe versucht, meine Eltern rein psychologisch einzuordnen, aber es ist recht kompliziert, weil sie ein bisschen von allem haben. Sie sind ein regelrechtes Potpourri. Eine meiner Tanten vertraute mir einmal an, dass meine Mutter bei einem Psychiater gewesen war und dass der Doktor von bestimmten Anomalien gesprochen hatte. Vielleicht hatte der Arzt recht!

Vor langer Zeit hat meine Großmutter mir mal einen Artikel in einer Zeitung gezeigt. Auf der ersten Seite waren meine Eltern abgebildet, auf einem Foto. Daneben stand, dass sie es ganz schön bunt treiben würden.

Einmal fand ich zufällig einige Pornomagazine in der Schublade der Kommode. Im Vergleich zu denen, die an den Kiosken verkauft wurden, waren sie abartig und pervers.

Vielleicht ist das alles erblich bedingt, denn ein Vorfahr meiner Mutter stand immer unter der Treppe und gaffte auf unsere Beine und unseren Po, wenn wir die Treppe zu seinen Haus hinaufgingen. Einmal ertappte ich ihn dabei, wie er mit seiner Hand über eine Büste fuhr, die allerdings nicht aus Bronze bestand, sondern an unserer Hausangestellten befestigt war. Als ich das Teenageralter erreicht hatte, wollte er mich leidenschaftlich abküssen. Ich habe mit meinen Eltern darüber gesprochen, aber sie hielten das anscheinend für normal, denn sie unternahmen nichts.

Tatsächlich hat meine Mutter ihren Freund öfter gewechselt als ihre Unterwäsche, besonders nachdem sie von meinem Vater getrennt lebte, aber wohl auch schon davor. Das Schlimmste für mich war, dass sie mich gezwungen hat, jeden ihrer Freunde mit Wangenküsschen zu begrüßen, obwohl ich sie nicht ausstehen konnte!

Mein Vater ist aber auch nicht von schlechten Eltern. Ich weiß nicht einmal, wie viele Freundinnen er schon hatte: verheiratet, geschieden oder befreundet. Ich weiß ja, dass lateinamerikanische Männer nicht besonders treu sind, aber mal im Ernst: Ist eine neue Frau nicht einfach nur ein neues Problem?

Es ist doch Unsinn, zu glauben, dass so ein hübsches junges Ding mit einem schönen Körper besser ist als die treue Freundin und Begleiterin, mit der man schon durch dick und dünn gegangen ist. Aber wenn es dann gut läuft, heißt es: auf Wiedersehen …

Was habt ihr Männer bloß in euren Köpfen … oder auch weiter unten? Im Endeffekt seid ihr die Ausgeschmierten, denn die süße Kleine will euch doch nur an den Geldbeutel!

Ich denke, dasselbe gilt für Frauen. Wechselt frau mit den Männern nicht nur ihre Probleme? Ist das wieder mal so eine brasilianische Neurose? Jetzt wird eifrig durchgewechselt! Alle machen einen auf Hollywoodstar oder Seifenoper-Sternchen. Seid ihr noch bei Sinnen? Wo sind Liebe, Respekt und Rücksichtnahme geblieben, ganz zu schweigen von den Kindern, die für all das nichts können?

Ich verstehe durchaus, wenn sich Paare vor dem dritten Ehejahr wieder scheiden lassen, weil sie nicht miteinander auskommen. Aber was will man denn nun nach zahllosen gemeinsamen Jahren?

Meine Großmutter sagte immer, und das unterschreibe ich zu einhundert Prozent:

„Wer Fleisch will, muss auch am Knochen nagen!"

Mein Vater wollte auch mit zwei Frauen gleichzeitig zusammen sein: mit meiner Mutter und seiner Frau. Es gibt einen wunderschönen Roman von Jorge Amado: „Dona Flor und ihre zwei Ehemänner." Vielleicht wollte er die männliche Version der Hauptprotagonistin darstellen. Das gäbe auch ein prima Buch ab, ließe sich verfilmen und würde vermutlich alle Zuschauerrekorde brechen. Irgendwann verlor ich dann die Beherrschung und stritt mich mit ihm. „Sie sollten sich was schämen, Senhor Bonacelli!"

Die hatten es allesamt faustdick hinter den Ohren, aber ich behielt recht! Seine Frau musste ja irgendwann die Nase voll haben von ihrem Casanova – wen wundert's!

Ich habe von meiner Mutter erfahren, dass mein Vater jetzt, da er alt ist, ständig von seiner geliebten Frau aus seinem Haus geworfen wird und gelegentlich irgendwo in der Innenstadt absteigen muss. Meine Mutter wechselte derweil ihr Mäntelchen, wurde religiös, spirituell, prüde und zur Nonne. Da schau mal einer an! EIN WAHRER ENGEL!!

5 Die erste Odyssee

Hier in Deutschland beantragen viele Ausländer politisches Asyl. Ich beantragte Familienasyl. Mir wurde nämlich sehr übel mitgespielt: Ich war im Klassenzimmer und unterrichtete Musik in der Schule. Man rief mich ans Telefon im Sekretariat mit dem Hinweis, dass es dringend sei. Wenn man in Brasilien so etwas hört, denkt man automatisch als Erstes: „Wer ist gestorben oder wurde ermordet?" Meine Mutter war am Telefon. Sie sagte: „Ich bin gerade nach Hause gekommen und habe die Freundin deiner Tochter mit ihrem Freund überrascht, wie sie sich auf meiner Couch geküsst haben. Du hast vierundzwanzig Stunden Zeit, um mit deiner Tochter hier auszuziehen."

Ich dachte: *Was habe ich denn getan? Ich bin doch hier in der Schule und nicht zu Hause! Was habe ich damit zu tun?* Meine Mutter gab mir nicht einmal die Zeit, darauf zu antworten, sondern fuhr fort: „Das ist alles deine Schuld, und am Ende wird Ana (meine vierzehnjährige Tochter) sich hingeben wie ihre Freundin."

Ich ging noch mal in mich: *Woran soll ich denn schuld sein? Es geht doch um Anas Freundin, nicht um mich? Was soll ich tun? Dem Mädchen einen Keuschheitsgürtel anlegen? Sind wir etwa im Mittelalter?*

Und wer hätte gedacht, dass meine Mutter, die ja nicht gerade ein Unschuldslamm war, mir nichts, dir nichts einen auf Puritanerin machte. Ich versuchte, die Situation zu beschwichtigen, aber nach ein paar Tagen teilte meine Mutter mir schließlich mit: „Ana kann bleiben, aber du musst gehen."

Dies ist der erste Grund, warum ich nach Deutschland gegangen bin. Der zweite ist, dass ich auch die ständige häusliche Gewalt satthatte. Als ich noch klein war, hat mein Vater mich oft geschlagen. Mein Ex-Mann ging mit einem Stock auf mich los. Als mich Ana lila geschlagen hatte, wie eine Aubergine, sagte meine Mutter: „Du hast Ana doch auch oft eine geschmiert, als sie klein war. Jetzt, wo sie groß ist, kann und sollte sie dir ruhig auch mal eine Ohrfeige verpassen."

Ich gelangte zu der Erkenntnis, dass es an der Zeit war, nicht mehr den Prügelknaben für die Familie zu spielen und mich nicht mehr länger um sie zu scheren.

Da ich keinen Platz zum Schlafen hatte, rief ich eine meiner Tanten an, die in Ipanema lebte. Die ließ mich eine Weile im Zimmer des Dienstmädchens schlafen, meinte allerdings auch: „Ich kann dich hier nicht wohnen lassen, weil immer die Möglichkeit besteht, dass ich über Nacht ein Dienstmädchen finde!"

Sie hatte recht. Gutes Personal zu finden, war noch nie einfach.

Also machte ich mich mit einer kleinen Tasche auf den Weg und stellte mir jeden Abend dieselbe Frage: „Wo soll ich heute schlafen?"

Ich landete im Haus einer anderen Tante. Meine Cousine war sehr wütend und geiferte wie ein wild gewordener Papagei. Es war ein wahnsinniges Durcheinander! Am Ende schliefen meine Tante und ich im Doppelbett im Schlafzimmer und mein Onkel auf dem Sofa im Wohnzimmer. Ich habe mich dort jedenfalls danach nicht mehr blicken lassen.

Einmal nahm mich eine Kollegin mit zu sich nach Hause und sagte: „Du kannst so lange hierbleiben, wie du willst."

Das Problem dort waren die Stechmücken. Ich bin allergisch gegen sie, und sie malträtierten mich.

Ein Freund lieh mir seine Wohnung, während er seinen Urlaub in den USA verbrachte. Eines schönen Tages rief mich die Putzfrau meiner Mutter dort an: „Dona Dora, kommen Sie schnell. Ana zerschneidet all Ihre Kleider mit der Schere."

„Wenn sie sie schon zerschnitten hat, kann ich auch nichts mehr tun", gab ich zurück.

Als ich meine Sachen holte, stellte ich fest, dass das Biest meine besten Hemden aus reiner Seide so kurz und klein geschnitten hatte, dass sie nicht einmal mehr für einen Flickenteppich taugten.

Mein Freund, der Besitzer der Wohnung, war ein feiner Kerl. Als er zurückkam, sah er, dass ich bereit war, aufzubrechen, und ließ mich bis zum Tag meiner Abreise bei sich wohnen.

6 Unterwegs

Es war nicht einfach. Ich verkaufte mein Klavier und kaufte ein Ticket für einen Charterflug nach Madrid, wo ich drei Monate bleiben wollte. Ich bezahlte meine Schulden, schloss meine Konten, hob den Rest von der Bank ab und tauschte das Geld in Deutsche Mark um. In meinen beiden Jobs nahm ich unbezahlten Urlaub. Ich traf mich mit meinem Ex-Mann, und er sagte: „Ich bleibe bei dem Mädchen, ihre Mutter taugt ja offensichtlich nicht viel."

Ich gab ihm die Bankkarte von dem Konto, auf das der Unterhalt für meine Tochter eingezahlt wurde. Das war die dümmste Idee, die ich hätte haben können! Sie waren beide hinter dem Geld des armen Teufels her wie die Aasgeier. Sie bereiteten mir jede Menge Kopfschmerzen, aber das ist eine Geschichte, die ich später erzählen werde.

Ich stieg in Madrid aus und fühlte mich frei wie ein Vogel:

Ihr wisst ja gar nicht, wie gut es ist, niemanden zu haben, der einem auf die Nerven geht!

Ich verbrachte einige Tage in der Stadt, entschlossen, mich allmählich auf den Weg nach Deutschland zu machen, und genoss den Seelenfrieden, den ich soeben erworben hatte.

Ich hatte beschlossen, es einfach wie in dem bekannten Karnevalslied aus Rio zu halten:

„Ich war bei einem Stierkampf in Madrid.

Und ich gehe nicht mehr nach Brasilien zurück.

Um glücklich zu sein.

Wie ich es wollte."

Ein guter Rat, als Freundin: Schaut euch das Spektakel bloß nicht mit vollem Bauch an! Ich hatte gerade zu Mittag gegessen und sah mir das Ganze an, solange ich es ertragen konnte. Dann lief ich grün im Gesicht aus der Arena.

Das Schreckliche war, dass ich mich fühlte wie der arme Stier, der abgeschlachtet wurde, aber nicht vom Stierkämpfer, sondern von meiner Mutter.

Nach einigen Nachforschungen fand ich heraus, dass die Busfahrkarte billiger war als die Zugfahrkarte. Um Geld zu sparen, kaufte ich eine Fahrkarte für den Linienbus nach Barcelona, der um sechs Uhr abends abfuhr. So sparte ich mir die Übernachtung im Hotel. Von dort bis Genf machte ich es genauso; es waren noch einmal acht Stunden. Nach zwei Nächten im Bus kam ich schließlich völlig fertig an. Ich schlief zwei Tage in der Jugendherberge, um mich auszuruhen und mir die Stadt anzusehen. Ich besuchte die UNO und all die anderen Sehenswürdigkeiten, von denen es übrigens nicht allzu viele gibt. Dann nahm ich einen Zug nach München. Im Zug wurde der Pass nämlich nicht abgestempelt.

Schließlich wartete ich auf meinen italienischen Reisepass, den ich in Brasilien beantragt hatte und der zum Konsulat in München geschickt werden sollte, sobald er fertig war. Er war wie ein zweites Kind, da es neun Monate dauerte, bis er ankam.

7 Die zweite Odyssee

Wenn ich schon in Brasilien keine Wohnung fand, dann in Deutschland erst recht nicht!

Eine Brasilianerin, die ich traf, sagte: „Ich werde dir helfen!"

Sollte ich das glauben? Das leere Geschwätz kannte ich ja aus Brasilien bereits zur Genüge. Ich habe es geglaubt! Süße Illusion ...

Ich landete in ihrem Haus. Ich glaube, der Kontakt mit den Deutschen hat sie ein wenig verwirrt. Die Toilette in der Wohnung durfte ich nicht benutzen, denn unangenehme Gerüche sollten vermieden werden.

„Aber meine Güte, wo soll ich denn meine Geschäfte erledigen?"

Meine Schuhe legte sie auf den Tisch und beschwerte sich: „Du hast Käsefüße."

Ich durfte weder ans Telefon gehen noch die Klingel betätigen oder kochen, und sie ließ mich häufig vier oder mehr Stunden auf sich warten, weil sie mir unter keinen Umständen den Hausschlüssel geben wollte.

Nun gut, in Brasilien auf der Straße zu schlafen, ist auch nicht ohne, man kann überfallen oder ermordet werden, wie die Straßenkinder in Rio de Janeiro.

Bei der Kälte in Deutschland ist das Problem jedoch ein anderes: Hier ist man nicht aus Geldproblemen klamm, sondern wegen des kalten Dauerregens.

Jeden Abend stellte ich mir die altbekannte Frage: „Wo soll ich schlafen?"

Ich bin den Au-pairs, also den Mädchen, die nach Deutschland kommen, um die Sprache zu lernen und in einer deutschen Familie zu leben und zu arbeiten, aber auch Felipe unendlich dankbar, denn sie haben mir oft geholfen und mich bei sich schlafen lassen.

Eines Tages sagte ich zu meiner Freundin: „Ich besuche einen Freund, der in der Schweiz lebt, ich werde übers Wochenende bei ihm wohnen."

Damals hatte ich einen tollen Job: In einem großen Hotel reinigte ich die Sauna. Sie bezahlten mir stundenweise 13 Mark (schwarz). Als ich zu meinem Chef ging, um ihm mitzuteilen, dass ich am Sonntag nicht kommen würde, kam er mir zuvor, indem er erklärte: „Wenn Sie morgen nicht kommen, brauchen Sie gar nicht mehr zu kommen. Sie sind gefeuert!"

Das war es dann also mit meinem Lebensunterhalt. Ich musste die Reise wohl oder übel abblasen. Das Problem war nun: Wo würde ich schlafen? Meine Freundin war schließlich auch verreist. An diesem Tag wäre ich beinahe in der Wartehalle am Bahnhof gelandet. Es gibt dort einen beheizten Raum, in dem sich neben Betrunkenen auch Menschen aufhalten, die tatsächlich auf den Zug warten.

Gerettet hat mich eine Dame vom Au-pair-Club, die mich drei Tage lang in einem Zimmer im Studentenwohnheim, einem speziellen Studentenwohnheim, unterbrachte und mir anschließend ein neues Zimmer für weitere fünfzehn Tage besorgte.

Gott sei Dank! Damit konnte ich bei meiner Superfreundin ausziehen, stand allerdings wieder ohne Bleibe da.

Da lernte ich Monica kennen, und sie meinte: „Ich fahre nach Heidelberg und du kannst mein Zimmer haben!"

Obwohl Monica nur ein Wochenende in Heidelberg blieb, teilten wir uns fortan das Zimmer: Monica schlief im Bett und ich schlief auf dem Boden, auf einer Matratze. Das Zimmer war genauso klein wie das Dienstmädchenzimmer in Brasilien, aber alles, was zum Leben wichtig war, war vorhanden – typisch deutsch eben.

Wir teilten uns Badezimmer, Küche und Telefon, und jedes Mal, wenn eine von uns das Telefon benutzte, musste das auf einem Block notiert werden, und am Ende des Monats wurde abgerechnet. Monica schrieb ihre Anrufe nie auf, also mussten alle am Ende des Monats den Fehlbetrag ausgleichen.

In diesem Studentenwohnheim lernte ich auch meinen Göttergatten kennen; ich wohnte im ersten und er im letzten Zimmer. Lange konnte ich an diesem Ort allerdings nicht bleiben, da ich dort „schwarz" wohnte.

Also haben Monica und ich uns in einer viel größeren Wohnung in der Studentenstadt eingerichtet.

Kurz darauf begannen die Probleme mit Monica. Sie halluzinierte, immer wenn sie etwas nicht mehr fand, sagte sie, dass ich es gestohlen hätte. Was aber tatsächlich verschwand, war mein Essen, das ich in den Kühlschrank stellte, und zwar auf Nimmerwiedersehen. Ihr Bikinihöschen verschwand auch, aber ich erklärte: „Dein Hintern ist doch größer als meiner. Was soll ich mit Boxershorts, wenn ich nur einen Bikini brauche?"

Ich musste etwas Neues finden. Am Wochenende konnte ich im Zimmer meines Freundes wohnen. Als er eines Tages bei mir im Zimmer schlief, wurde Monica zum Tier. Sie beschimpfte uns wild auf Deutsch, was ich zu diesem Zeitpunkt nicht verstand, er jedoch schon.

Nun war Monica nicht gerade ein Unschuldslamm, doch sie beschloss eisern, meine Jungfräulichkeit zu verteidigen. Noch eine falsche Puritanerin, einfach zum Kotzen!

Also haben wir (mein Freund und ich) vereinbart, einen Ort zu suchen, an dem wir beide leben können. Wir kamen beim freundlichen Aloisius Wienbier unter, einem wirklich netten Kerl, der allerdings ein wenig zu sehr dem Alkohol zugeneigt war. Manchmal schlief er auf dem Stuhl im Flur ein und wir mussten ihn ins Bett schleppen.

Noch dicker kam es dann tags darauf, als er seinem Chef am Telefon ausrichten ließ, er sei sehr krank. Einen Mordskater hatte er, das könnt ihr glauben!

Ganz schlimm und unangenehm war es, wenn er kochte. Sein Essen roch einfach grauenhaft. Wenn ich mal kochte, machte ich ein bisschen mehr und gab ihm was ab.

Er sagte: „Ich gehe, haue ab aus München, und ihr könnt die Wohnung haben."

Das tat er aber keineswegs, sondern brachte vielmehr einen Polen mit nach Hause, der fortan bei uns wohnte. Für diesen Herrn war Baden ein Fremdwort, und das, nachdem er den ganzen Tag auf dem Bau gearbeitet hatte. Und dann hängte er auch noch seine schweißgetränkten Socken ungewaschen in den Flur zum Trocknen auf. Wer hätte es gewagt, da auf die Toilette zu gehen oder in die Küche? Eines Tages bot ich ihm an: „Ich weiß, wie man Haare schneidet, willst du nicht, dass ich deine schneide? Aber du musst zuerst duschen."

An diesem Tag duschte er, aber das sollte nur eine Ausnahme bleiben.

Als Aloisius eines Morgens zurückkam, fragte ich: „Hast du heute Nacht durchgemacht?"

„Nein, ich habe im Olympiapark geschlafen, weil ich meinen Freund nicht mehr riechen konnte." Kurz darauf ist der Pole wieder ausgezogen.

Auch für uns fand mein Göttergatte eine Schuhschachtel. Wir zogen um und begannen ein Leben als verliebtes Paar.

Ich lernte seine Familie kennen. Sie ist großartig! Ich habe keine Schwiegermutter, sondern eine echte Mutter. Sie hat uns immer geholfen und mit Rat und Tat zur Seite gestanden. Ich sage immer: „Ich würde glatt meine Schwiegermutter heiraten."

Nun, da ich in den Wechseljahren bin, muss ich mir nicht mehr den Kopf zerbrechen, wo ich schlafen soll, sondern darüber, wie ich überhaupt schlafen kann.

Wir haben unsere Wohnung und kommen sehr gut zurecht. Clara ist das Produkt unserer Liebe. Sie ist wunderschön, aber sehr frech. Ich liebe sie trotzdem.

8 Meine Anabela wie Zimt und Nelken

Nun möchte ich über meine beiden Töchter sprechen, die ich sehr lieb habe: Meine erste Tochter trägt den Namen Ana und ist heute achtundzwanzig Jahre alt. Ach ja! Ich bin ja schon Großmutter.

Ihr Sohn ist superelektrisch, genau wie seine Mutter. Interessanterweise tritt er ihr immer auf den Fuß, so wie sie es bei mir getan hat. Sie ist ein wunderschönes Geschöpf, sieht mir sogar ein bisschen ähnlich. Bin ich nun eine Rabenmutter oder nicht? Ihre Haut hat eine schöne Zimtfarbe, wie Gabriela aus Jorge Amados Buch „Gabriela Zimt und Nelken". Die hat sie von ihrem Vater, ebenso wie den großen Kopf, die Hände, die Füße und Ohren. Das explosive Temperament hat sie von einer Tante.

Die Kleine hat sogar ein Talent zum Zeichnen. Das hat sie von meiner Mutter. Ana sagte immer zu mir: „Nie im Leben werde ich Lehrerin wie du und von der Hand in den Mund leben."

Die Chance, eine erfolgreiche Wirtschaftsexpertin zu werden, hat sie vergeudet. Sie ist heute eine talentierte, aber unbekannte Bildhauerin.

Ana, deine Träume sind ja wunderbar, aber du lebst nun mal nicht in einer Traumwelt. In der Wirklichkeit ist das Leben ganz anders als in der Vorstellung. Für dich ist es sehr schwierig, eine anerkannte Künstlerin zu werden. Leider bist du kein Michelangelo oder Leonardo da Vinci. Denk nur daran, dass van Gogh erst bekannt wurde, nachdem er unter der Erde war. Heute wäre er Millionär, aber vergiss nicht, dass er verrückt geworden ist. Dann wären da noch Dalí und Picasso, aber meine Liebe, du bist weder Spanierin noch Teil der Avantgarde!

Ich wollte Psychologin werden, weil ich denke, dass alle Menschen etwas sehr Interessantes in sich tragen, und es fasziniert mich, wie sie sich verhalten und leben. Heute bin ich nur eine Nummer im Arbeitsamt.

Ich denke, ich habe erreicht, was ich wollte: eine Familie. Meine eigene Familie war das reinste Chaos. Der Beruf blieb links liegen. Ja, ich bin gerne Hausfrau, Mutter und Ehefrau – das befriedigt mein Ego.

„Ich habe nicht alles, was ich will, aber ich liebe alles, was ich habe."

Ich habe immer noch Träume; vielleicht werde ich eines Tages ein wenig bekannt mit meinem momentanen Hobby, dem Schreiben. Es ist egal, ob ich zweite oder dritte Klasse bin, so viel Bescheidenheit besitze ich. Wenn es mir gelingt, ein Buch zu veröffentlichen, bin ich schon mehr als zufrieden. Wenn nicht, bleiben die Texte immerhin als Andenken für meine Töchter und Enkelkinder zurück.

Ana, als du klein warst, habe ich dich vielleicht so behandelt, wie meine Eltern mich behandelt haben. Dafür möchte ich mich entschuldigen. Und dass ich dich verlassen habe? Ich will gar nicht weiter darüber nachdenken, meine Güte!

Du warst vierzehn Jahre alt und hast dich nicht um mich gesorgt, im Gegenteil, du hast mich sogar misshandelt. Ich glaube, dass in einer schlechten Beziehung jede der beiden Seiten zu fünfzig Prozent die Schuld an der Situation trägt. Zwei Menschen, die eine unterschiedliche Mentalität, Denk- und Handlungsweise haben, schieben sich gegenseitig die Schuld zu. Das ergibt dann einen Teufelskreis, aus dem es kein Entkommen gibt. Und genau das ist uns passiert. Und ich finde es schade, dass du kein Interesse an Clara oder mir hast und nicht mal meinem Enkel ein gutes Verhältnis zu uns gönnst. Die Zeit vergeht, und du nutzt sie nicht; das Leben ist kurz!

Eines Tages fragte mich eine Freundin, ob ich an etwas glaube, und ich sagte: „Ich glaube an mich."

Dann fragte sie mich: „Aber bist du Atheistin oder ist es dir einfach egal?"

Und ich antwortete: „Völlig egal."

Ich, meine Liebe, glaube weder an die Seele noch an Gott noch an irgendeine Inkarnation oder so etwas. Ich glaube daran, dass wir nur einmal leben. Ob wir nun gut leben oder nicht, es ist irgendwann vorbei. Wenn du stirbst, ist der Abschied derselbe wie bei einer Ameise oder einem Elefanten.

Ich sage dir nur eines: Die einzigen Leute, die mich in Brasilien interessieren, sind du und mein Enkel.

Es tut mir leid, dass ich keine gute Beziehung zu dir habe, aber was soll ich tun? Zu einer Beziehung gehören immer zwei; ich bin da, aber wo bist du?

Es hat keinen Sinn, auf einer Klaviatur stets dieselbe Taste anzuspielen. Ich habe nicht viele Hoffnungen, sie sind verflogen. Alles, was mir bleibt, ist, zu klagen und zu versuchen, glücklich zu sein.

Und du?

Ana, ich hoffe, dass du eines Tages dieses Kapitel lesen wirst. Vielleicht wirst du mich akzeptieren und mich anständig behandeln, wer weiß? Dann geht es mal nicht nur um mein Geld, und auch nicht mehr darum, eine deiner berüchtigten Szenen aufzuführen.

Ich bin sicher, dass du das nur mit dir selbst ausmachen kannst.

Trotz allem: Schönen Muttertag! Das hast du mir schon lange nicht mehr gewünscht.

9 Meine Aufs und Abs

Ich habe bereits einige meiner Aufs und Abs erwähnt. Manche Jobs liefen gut, andere waren zum Weinen. Ich muss euch von einigen erzählen, die superinteressant waren.

Putzen ist ja an sich nichts Besonderes, aber meine erste offizielle Stelle mit Steuer und allem, was dazugehört, war an dem Ort, an dem Betrunkene unterkommen, wenn die Polizei sie in der Winterkälte von der Straße holt. Viele von ihnen waren nett, einige gaben mir sogar Geschenke. Nur einer versuchte, mir an den Po zu grabschen. Dem habe ich eine Ohrfeige verpasst, und dann war Ruhe. Er beschwerte sich nicht einmal. Es gab auch nicht viel sauber zu machen, denn sie machten kaum Dreck.

Da hatte ich schon ganz andere Putzjobs: Einmal rief mich eine reizende Dame an und bezahlte mir dreizehn Mark. An diesem Tag habe ich eine Stunde damit verbracht, ihren Ofen auszukratzen.

Ein anderes Mal erhielt ich einen Anruf von einer Frau: Ich sollte ihr Badezimmer putzen, das so groß ist wie mein Wohnzimmer, zwanzig Quadratmeter. Eine Wand war ein Spiegel, der von der Decke bis zum Boden reichte. Ich habe fast zwei Stunden gebraucht, um alles zum Funkeln zu bringen. Der Bereich darunter war aber noch schlimmer: Alles war aus weißer Keramik, und meine Auftraggeberin hatte einen schwarzen Hund. Nachdem ich mich abgeplagt hatte, sagte ich: „Vielleicht sollten Sie entweder den Hund oder die Farbe des Bodens ändern. Schwarzer Hund auf weißem Grund passt einfach nicht zusammen. Ein weißer Hund und ein weißer Boden oder dasselbe in Schwarz wäre besser. Anders funktioniert es nicht, denn das Tier hinterlässt überall seine Haare." Sie hat mich nie wieder angerufen.

Kurz vor Jahresende bekam ich dann einen Job: Ich sollte Supermarktregale einräumen. Ratet mal, in welcher Abteilung ich gelandet bin? Bei den Christbaumkugeln, und zwar die Art, die immer zerbrechen. Wisst ihr, welche ich meine?

Ausgerechnet ich, der Elefant im Porzellanladen! Meine Schwägerin und meine Schwiegermutter schenken mir immer wieder Glasbecher und Geschirr, da sie wissen, dass ich es regelmäßig zerdeppere. Dieser Job war eine gewaltige Tragödie. Nach einer Weile wurde ich entlassen, weil ich alles zerbrochen hatte.

Einmal saß ich am Supermarkt an der Kasse, ein superinteressanter, aber sehr stressiger Job. Ich hatte bereits Kurse für Leute gegeben, die in Brasilien Kassierer werden wollten, das war prima. Das Problem war der Chef, Herr Fatty, der mit allem flirtete, was einen Rock trug und unseren Supermarkt betrat. Ich hatte nicht mal Zeit, auf die Toilette zu gehen, ganz abgesehen von seiner Angewohnheit, im Keller zu rauchen. So konnte ich meine Kasse keine Minute verlassen.

Einmal wollte mich eine Kollegin züchtigen, weil ich nicht so gut Deutsch verstand und versehentlich schimmeliges Brot ins Regal geräumt hatte. An diesem Tag gab es ein mordsmäßiges Tohuwabohu. Ich stellte klar: „Jetzt gehe ich zur Polizei! Sie sind doch nicht meine Mutter oder so was. Wie kommen Sie dazu, mir eine Ohrfeige geben zu wollen?"

Nach einer Weile hatte ich all das so satt, dass mein Göttergatte sagte: „Raus aus diesem Martyrium."

Ich nahm den Hut und sie gaben mir ein schönes Empfehlungsschreiben.

Wer einmal geraucht und es aufgegeben hat, kann Raucher nicht leiden, die diese schreckliche Sucht noch nicht losgeworden sind, die die Natur weiterhin verpesten und lauter stinkendes Nikotin zurücklassen. Ich bin eine von denjenigen, die mit dem Rauchen aufgehört haben. Ich bekam einen anderen Job, bei dem ich ein Fotolabor putzen musste, und blieb nur drei Tage, weil ich den Geruch der Zigaretten nicht ertragen konnte. Ich wäre fast an einer Lungenembolie gestorben.

Ich arbeitete lieber wieder an der Kasse, dieses Mal in einer Drogerie. Die Chefin mochte mich, aber die Oberchefin, die unsere Filiale betreute, kam nicht mit mir zurecht. Mein Deutsch war ihr nicht gut genug. Wenn in der Kasse was nicht ausging, war es immer meine Schuld. Die Chefin hatte zugegeben, dass Mathematik nicht ihre Paradedisziplin war, und so fehlte jedes Mal Geld, wenn sie nach mir kassierte. Einmal machte sie eine Woche krank, und an diesen Tagen stimmte die Kasse. Trotzdem fand die Oberchefin einen Grund und entließ mich. Ich war wieder arbeitslos.

Also schrieb ich einen Brief an die Post, und ob ihr es glaubt oder nicht: Sie haben mich genommen. Ich habe meinen Vertrag an meinem Geburtstag (1. Januar) unterschrieben. Dort blieb ich dann ein Weilchen, insgesamt waren es zwölf Jahre. Ich hatte meinen Platz gefunden und trällerte ein brasilianisches Karnevalsliedchen: „Ich werde nicht gehen, niemand bringt mich hier wieder raus."

10 Die Rückkehr der nicht ganz so verlorenen Tochter

Als mein Göttergatte zum ersten Mal mit mir nach Brasilien flog, hatte er gerade die Universität abgeschlossen. Wir haben unser Geld zusammengelegt, uns Tickets für eine Rundreise in Brasilien gekauft und sind nach Recife geflogen. Meine jüngste Tante lebte dort. Wir haben bei ihr vorbeigeschaut, mieteten uns ein Zimmer in einem Hotel und wachten am nächsten Tag mit Blick aufs Meer auf. Wir blieben ein paar Tage, nahmen den Bus nach Maceió, wo wir eine liebe Freundin von mir besuchten, Glorinha. Sie nahm uns mit auf eine wundervolle Fahrt durch die Lagunen und setzte uns am Strand ab, von wo aus wir den Bus nach Natal nahmen. Mitten auf dem Weg, noch vor Campina Grande, sah mein Göttergatte Rauch vom Hinterrad aufsteigen. Dann fuhr der Bus irgendwann gar nicht mehr. Der Fahrer blieb stehen und stieg aus, um zu sehen, was los war. Er kehrte zurück und rief: „FEUER!"

Es war früh am Morgen, und alle schliefen noch. Es war ein Riesenaufruhr. Wir stiegen wie vom Blitz gerührt aus. Eine Sekunde später standen wir mit Sack und Pack auf der Straße. Der Fahrer versuchte, das Feuer zu löschen, aber der Feuerlöscher funktionierte nicht. Er versuchte, die Taschenlampe einzuschalten, die ging auch nicht. Also liehen wir ihm unsere.

Mein Göttergatte wollte sich über die mangelhafte Wartung des Fahrzeugs beschweren, überlegte es sich dann aber anders: Erstens sprach er kein Portugiesisch, und zweitens sah er, dass der Bus ein deutsches Fabrikat war.

Der Fahrer rettete den Bus vor den Flammen, während wir stundenlang warteten. Die Fledermäuse flatterten uns um die Ohren. Nach langer Zeit kam ein weiterer Bus. Dann ging die Diskussion zwischen den Passagieren los, wer nun mitfahren durfte und wer nicht, da es nur sechs Plätze für mehr als zwanzig Wartende gab. Mein Göttergatte stritt nicht lang herum, sondern packte mich, und wir stiegen einfach ein. Vier weitere Leute huschten herein und wir fuhren los. Irgendwann bekam er Hunger. Wir hielten in Campina Grande, und er beschloss, einen Hotdog zu essen, obwohl wir nicht sicher waren, ob es sich nicht tatsächlich um Hundefleisch handelte. Wie durch ein Wunder hat er ihn gut vertragen!

Wir kamen etwas übermüdet an, aber der Strand Ponta Negra ist so wunderschön, dass wir gleich eine Buggyfahrt durch die Dünen von Genipabu machen wollten. Der Preis war allerdings zu hoch für unser Budget. Nachdem wir in einem Reisebüro die fünf Stationen unserer Reiseroute festgelegt hatten, besuchten wir das Fort Três Reis Magos, die Stadt selbst, und reisten am nächsten Tag nach Manaus. Dort angekommen fanden wir ein kleines Hotel. Unser Zimmer war feucht und die Wand war voller Schimmel, ausgerechnet der schwarze, gegen den ich allergisch bin. Ich verlor die Stimme, und die Hitze zauberte mir noch dazu einen gewaltigen Ausschlag auf die Beine. Trotzdem machten wir die Tour durch den Amazonaswald und sahen die Stelle, wo der Rio Negro in den Amazonas mündet.

Von Manaus aus rief ich Susis Schwester an, die in der Hauptstadt Brasilia lebt. Susi war ein Au-pair in München und hatte mir etwas für ihre Familie mitgegeben.

„Ich bin morgen früh da. Wenn du willst, gebe ich dir am Flughafen die Mitbringsel von Susi." Dort erwartete sie uns dann auch. Sie brachte uns zu sich nach Hause, machte eine Stadtführung mit uns, kochte uns einen deftigen Bohneneintopf und kümmerte sich sehr gut um uns. Von meiner Familie wurde ich nie so empfangen.

Susi bat ihren Bruder um ein Paar Schuhe; der schickte drei, die dann die ganze Zeit mit uns in Brasilien im Gepäck umherreisten.

Von Brasilia ging es weiter nach Foz do Iguaçu. Wir besuchten Itaipú, waren in Paraguay, Argentinien und sahen die Wasserfälle. Wie wundervoll!

Wir nahmen einen Bus und fuhren zur deutschen Kolonie Blumenau; am Busbahnhof wollte mein Göttergatte wissen, ob sie dort tatsächlich seine Sprache sprachen, und fragte den ersten Passanten, auf den er traf: „Sprechen Sie Deutsch?" Die Antwort folgte prompt in dessen Muttersprache: „Natürlich!"

Wir besuchten den Friedhof, damit er die Namen seiner bereits verstorbenen Landsmänner sehen konnte, eine Tour, die mir überhaupt nicht zusagte. Wir fuhren mit dem Bus nach Pomerode, Joinville, Vila Velha und Florianópolis. Dann flogen wir nach Belo Horizonte und nahmen von dort den Bus nach Ouro Preto. Mit dem Flugzeug ging es schließlich nach Rio de Janeiro.

Zur damaligen Zeit hatte ich Probleme mit Ana und meiner Mutter. Meine Mutter wollte das Sorgerecht für das Mädchen und somit an das Geld meines Ex-Mannes. Ich wollte zuerst mein Problem mit ihnen lösen und dann reisen, aber mein Göttergatte dachte nach und sagte: „Lass uns zuerst die

Stadt anschauen. Danach kannst du dann deine Probleme mit deiner Familie lösen. Ich glaube, dass du den Urlaub mit alledem im Kopf sonst gar nicht genießen kannst!"

Damit lag er nicht ganz falsch, denn meine Familie machte meine erste Reise nach Brasilien zur Hölle. Meine beiden Tanten und meine liebe Mutter warteten am Flughafen bereits auf uns. Das wäre großartig gewesen, wenn sie sich im Auto nicht in drei Klapperschlangen verwandelt und zu dritt ihr Gift auf uns versprüht hätten.

„Was wollen sie denn? Warum schreien sie denn so? Was ist überhaupt los?" Zum Glück verstand mein Göttergatte damals kein Portugiesisch. Wir sprachen nur Englisch miteinander. Als wir zu Hause angekommen waren, fragte meine Mutter mich: „Was machst du bloß mit diesem Kind?"

Ob ihr es glaubt oder nicht: Mit „diesem Kind" meinte sie meinen Partner!

Ich dachte: *Diesen Mann knöpft sie mir nicht ab, das ist sicher. Sie spricht seine Sprache nicht, und er ist acht Jahre jünger als ich, er könnte glatt ihr Enkel sein.* Wir blieben nur drei Tage bei meiner Mutter.

Dann zogen wir in die Wohnung meines Vaters. Ich weinte verzweifelt. Mein Vater, seine Frau und mein Bruder Alvinho lebten am Rand von Barra da Tijuca in der Nähe von Recreio. Ich musste viele Dinge in der Stadt erledigen, und das dauerte jedes Mal eine halbe Ewigkeit. Also zogen wir in ein kleines Hotel in Catete. Dort hatten wir unseren Frieden, aber leider auch viele Mücken, die sich auf uns stürzten.

Das Treffen mit dem Anwalt von Anas Vater, ihm selbst, meiner Mutter, ihrem Anwalt (meiner Tante), meinem Göttergatten und mir war die reinste Gehirnwäsche. Als wir in unserem Hotel ankamen, weinte ich so sehr, dass ich ihm das Versprechen abnahm, mich aus Brasilien herauszuholen: tot oder lebendig!

Wir fanden schließlich eine Teillösung: Meine Mutter erhielt das Sorgerecht für Ana und verlor dafür die Hälfte der Alimente des Kindsvaters.

Aufgrund all der Beziehungen meiner Mutter mit den Freunden meines Ex-Mannes wollte er ihr weder das Sorgerecht noch das Geld zugestehen. Ich bat ihn um ein Gespräch und fragte: „Was denkst du, dass meine Mutter in ihrem Alter noch anstellt?"

Er gab nach und kehrte in sein kleines Leben zurück. Ich ging zurück nach Deutschland.

Ana war glücklich bei ihrer Großmutter und mit dem Geld ihres Vaters. Sie kann sich nicht beschweren. In diesem Punkt war er immer sehr nett – bis heute erhält sie den Unterhalt, obwohl sie bereits volljährig ist.

Er erklärte damals: „Bis ich in Rente gehe, unterstütze ich alle meine Frauen."

„Na, dann wünsche ich den Frauen alles Gute, genau wie meiner Tochter!"

11 Hochzeit, Bigamie und Flitterwochen

Ich fragte meinen Göttergatten: „Willst du mich nicht heiraten?"

„Das wäre gut, dann zahlen wir weniger Steuern!", antwortete er.

Auch meine Schwiegermutter, die am Namenstag des Heiligen Antonius Geburtstag feiert und somit die geborene Heiratsvermittlerin ist, machte Druck. Wir hatten mehr als drei Jahre zusammengelebt, es war also höchste Zeit für den nächsten Schritt. Wir mussten alle möglichen imaginären und auch unmöglichen Dokumente besorgen, was uns insgesamt über zweitausend Mark kostete. Zusätzlich mussten wir zahlreiche Bustickets in Rio für meine Mutter bezahlen, damit sie mir half.

Der Standesbeamte hier (einer dieser Bürokraten, der alles schwarz auf weiß haben muss), meiner Meinung nach ein Verrückter erster Güte, ließ mich zwölf Jahre nach der Scheidung einen Fragebogen über meinen Ex-Mann ausfüllen, über den ich nichts wusste und mit dem ich nichts mehr zu tun hatte. Die Anerkennung musste hier zunächst zwei Instanzen durchlaufen.

Da ich nicht nur einen brasilianischen, sondern auch einen italienischen Pass habe, musste ich ein Dokument vom italienischen Konsulat vorlegen, in das der höchsterlauchte Konsul schrieb: „Dora Bonacelli ist eine italienische Staatsbürgerin und verheiratet mit Herrn ... (der Name meines Ex-Mannes)." Jetzt hatte ich den auch noch am Hals! Offiziell erklärte er: „Ihre Scheidung wird in Italien nicht anerkannt. Wenn Sie wieder heiraten, sind Sie Bigamistin und könnten verhaftet werden!" Das war zu viel des Guten! Der wollte mich wohl auf den Arm nehmen! Was wollten die Italiener denn? Ich hatte das erste Mal ja nicht in Italien geheiratet, habe mich nicht in Italien scheiden lassen, und mein Ex-Mann ist auch kein Italiener! Also wieso mischten sie sich in mein Leben ein?

Diese Paragrafenreiterei! Eine Bürokratie ist schrecklich, zwei Bürokratien sind die Hölle, und drei Bürokratien bringen jeden früher oder später in die Klapsmühle.

Die Gedanken meines Göttergatten über Bürokratie sind die Folgenden: In Brasilien muss man laufen. Mal gehen wir einen Stock nach oben, dann einen nach unten, gehen mal nach rechts, mal links herum. Das ist sehr gesund, so bleibt man in Bewegung. In Deutschland ziehen wir eine Nummer, warten darauf, aufgerufen zu werden, bis einem vom Sitzen alles weh-tut. In Italien: Parlano, Parlano, Parlano! (Sie reden, reden, reden!), sie ner-ven uns, und nichts passiert.

Nach fast sechs Monaten, als uns die Dokumente abzulaufen drohten, sagte der Beamte: „Sie können nun ein Datum festlegen und heiraten."

Innerhalb des nächsten Monats war alles unter Dach und Fach. Die Hoch-zeit fand an einem Donnerstag, den 19. August 1993, um neun Uhr mor-gens im hiesigen Bezirk statt.

In Deutschland waren wir verheiratet, in Italien wurde ich zur Bigamistin, und in Brasilien war ich noch immer von meinem ersten Ehemann geschie-den. Na, wenn das nicht alles sehr praktisch und effizient war!

An unserem Hochzeitstag war die ganze Familie meines Göttergatten an-wesend, Walter war sein Trauzeuge, und Sandra (meine Zeugin) kam mit ihren Kindern. Danach gingen wir zum Mittagessen in den Michaeligarten. Es war ein wunderschöner Sommertag, der Garten war voller Blumen. Wir gingen mit den Kindern zum Spielen auf den Spielplatz. Das war wunder-voll!

Am folgenden Samstag organisierten wir in dem kleinen Ort in der Nähe der Marktgemeinde, in der meine Schwiegermutter lebt, ein Abendessen, um zu feiern. Wir luden Freunde ein und organisierten sogar brasilianische Musik. Ich dachte, Fernando Cruz bringt zwei Musiker mit Gitarre, Tambu-rin und Trommeln mit. Er kam mit einer Anlage, um mehr als 200 Leute zu beschallen, dabei waren wir höchstens 50 an der Zahl. In dem Saal, in dem wir essen wollten, gab es keinen Platz, also mussten sie alles in der Lounge des Restaurant-Hotels aufbauen. Die Musik war wohl etwas zu laut, und man konnte sie bis zum letzten Haus im Dorf hören. Einer der Hotelgäste über dem Restaurant zog aus, und der Nachbar rief: „Ich hole die Polizei!"

Also schlossen wir alle Fenster und mussten um Mitternacht Ruhe geben. Hier in Deutschland enden die Partys nämlich mit dem Eintreffen der Poli-zei.

Unsere Flitterwochen waren unsere zweite Reise nach Brasilien, inklusive Zwischenstopp in Rom. Zwischen zehn Uhr morgens und zehn Uhr abends sind wir alles abgelaufen: den Vatikan, die Sixtinische Kapelle, die Spani-sche Treppe, den Trevi Brunnen, das Kolosseum, das Forum Romanum. Und wir haben die schlechteste Pizza unseres Lebens gegessen, wahr-scheinlich aus der Tiefkühltruhe.

Um Mitternacht stiegen wir in den Flieger und kamen am nächsten Tag am frühen Morgen in Rio de Janeiro an. Wir liehen uns Mamas Auto, und nach einigem guten Zureden gelang es uns schließlich, meinem Vater die Schlüssel für die Wohnung in Barra de Tijuca abzuluchsen. Er und seine Frau hatten sie verlassen, nachdem mein Bruder bei einem Unfall ums Leben gekommen war. Mein Vater und seine Frau hatten nämlich Angst vor der Seele des armen verstorbenen Alvinho, meinem Bruder.

Ana verbrachte die ersten drei Tage mit uns. Wir fuhren nach Petrópolis (das Museum, die Kathedrale, das Haus des Alberto Santos-Dumont usw.), dann besuchten wir die Aussiedler im nahe gelegenen Teresópolis.

Ana kehrte im Bus nach Rio zurück und wir fuhren nach Nova Friburgo. Eine tolle Stadt, mit dem berühmten Véu de Noiva und dem Cão Sentão. Wir besuchten meine Tante Francisca und ihren Ehemann Baltasar, den größten Fan des Fußballclubs Vasco da Gama, den ich kenne. Wir fuhren nach Paquetá, um eine Radtour zu unternehmen, und zu meiner Tante Elisabeth. Sie ist eine wahre Expertin in der Küche, und ihr Ehemann, mein Onkel José, ist der größte Grantler aller Zeiten. Er sagt immer: „Jeder läuft jetzt rum wie ein Kasper. Das Brot ist heutzutage wie Gummi. Und Jackfrucht ist ja wohl das Allerletzte."

Hat er da nicht recht?

Mein Patenonkel und Tante Selma luden uns zum Mittagessen ein, meine Cousins Sérgio und Márcio, dieser mit seiner Frau Carol, kamen ebenfalls – sehr nette Leute. Sie veranstalteten ein regelrechtes Bankett, das der Königin von England würdig gewesen wäre. Alles war superlecker, wir aßen so viel, dass wir für den Rest der Woche pappsatt waren. Wir tratschten wunderbar, und ich erzählte von unserer Reise nach Italien, wo ich die Nachkommen der Bonacelli getroffen hatte, die es dort noch gab: Cousin Mário mit seiner Frau und seinen Kindern, Cousin Giuseppe, ebenfalls mit seiner Familie (Frau, Töchter und Mutter), Onkel Francesco und Tante Marta.

Danach machten wir Insel-Hopping, waren in Mangaratiba, Angra do Reis und Paraty. Anschließend fuhren wir mit Mama nach Saquarema. Wir schliefen im Ferienhaus meiner Tante in Praia Seca. Mein Göttergatte liebte es – für ihn ist Praia Seca ein Paradies. Wir fuhren ohne Mama nach Araruama, Arraial do Cabo, Búzios, Cabo Frio usw. Mama rief permanent an, doch wir gingen ihr aus dem Weg, weil sie sich verhielt wie eine Klette und wir das unterbinden wollten.

„Flitterwochen mit Schwiegermutter? Das kommt gar nicht infrage", sagte mein Göttergatte.

Wir waren im Oswaldo und beschlossen, alle Cocktails auszuprobieren, die es dort gab. Am Ende waren wir ganz schön betrunken.

In der Wohnung meines Vaters reparierten wir das Spülbecken, die Wohnzimmerlampe und den Durchlauferhitzer. Als wir gingen, schoben wir zudem noch 50 Dollar für die Nebenkosten unter der Wohnungstüre durch. Das Auto meiner Mutter strahlte nicht nur blitzeblank und unbeschädigt, sondern kehrte auch mit einem neuen Reifen in die Hände seiner Besitzerin zurück. Wir schauten bei meinen Freunden vorbei und fuhren glücklich zurück nach Hause. Ein Wunder, ganz ohne Probleme!

12 Terroristinnen

Heutzutage ist Terrorismus ja überall auf der Welt in Mode. Ich habe sogar Terror in meiner eigenen Familie. Als wir einmal zusammen mit unserer Tochter Clara nach Brasilien reisten, sagte mein Göttergatte auf dem Rückweg zu meiner Tochter Ana: „Dora hat zwei Terroristinnen! Die erste ist unsere Tochter Clara, weil sie ständig Terror macht und uns die ganze Zeit in die Ohren schreit. Und die zweite Terroristin bist du."

„Warum bin ich denn eine Terroristin?", fragte das Unschuldslamm.

„Das weißt du nicht? Nicht zu glauben! Denk mal scharf nach, und wenn ich das nächste Mal nach Brasilien komme, sagst du's mir", meinte er.

Sie hatte unsere Geduld derart strapaziert, dass man der Kleinen einfach mal die Welt zurechtrücken musste.

Eines Tages rief sie mich an, und ich dachte: *Es geschehen noch Zeichen und Wunder!* Sie hat mich noch nie angerufen: weder an Weihnachten noch an meinem Geburtstag, dem ihrer Schwester oder gar am Muttertag.

„Ich habe ein Problem mit dem Auto. Leih mir ein bisschen Geld für die Reparatur. Ich verspreche, ich werde es zurückzahlen."

Ich fragte sofort: „Wie viel denn?"

„So 500 Mark."

Das war die Hälfte meines Gehalts, und so viel hatte ich im Moment nicht.

„Ich werde mit dem Göttergatten sprechen. Wenn er so viel übrig hat, wird er es mir leihen, und ich werde es dir leihen."

„In Ordnung! Ich gebe es zurück."

Da ich sie und meinen Enkel eingeladen hatte, Weihnachten bei uns zu verbringen, rief ich daraufhin zuerst meinen Ex-Mann an, damit er ihr ein günstigeres Flugticket besorgte.

Ich musste also ungefähr 1.500 Mark schicken – das Geld für die Reparatur, und der Rest war für die Tickets. Nach einiger Zeit rief ich Ana an und fragte: „Du brauchst doch Geld, willst du nicht bei meiner Arbeit ein bisschen mitarbeiten? Die Post sucht über die Feiertage temporär Leute. Du wirst viel mehr verdienen als ich, und du musst ja nicht viel Steuern zahlen, weil du Studentin bist. Außerdem habe ich bereits mit meinem Chef gesprochen, und er sagte mir, dass du gleich am Tag nach deiner Ankunft anfangen könntest zu arbeiten. Du könntest einen oder zwei Monate bleiben, ganz wie du willst."

Kurz darauf hörte ich ihre Nachricht auf dem Anrufbeantworter. Die 1.500 Mark reichten nicht. Aufgrund des aktuellen Wechselkurses in Brasilien musste ich 1.780 Mark schicken. Ich sendete ihr also 1.000 Mark mit meinem Onkel und meiner Tante, die bei uns zu Besuch gewesen waren. Den Rest überwies ich auf das Sparkonto, das ich für meinen Enkel eröffnet hatte. Wie konnte ich ahnen, dass sie es nicht zurückbezahlen würde?

Ich hatte bereits drei Sparbücher angelegt: eines für meinen Enkel und zwei für Ana. Von ihren Sparbüchern hob sie immer alles ab, wenn sie Geld brauchte. Sie dachte auch, dass das Geld in Deutschland nichts wert ist und dass die Zinsen sehr niedrig sind. Doch das war keineswegs das Schlimmste! Denkt ihr etwa, Madame hätte sich einmal blicken lassen?

FEHLANZEIGE!

Mit dem Geld kaufte sie sich eine Klimaanlage und verschwand ohne ein Lebenszeichen. Wie stand ich nun vor meinem Chef da?

Als Ana das erste Mal hierherkam, war sie siebzehn Jahre alt. Mein Göttergatte und ich holten sie in Frankfurt ab. Ich weiß nicht, ob ihr der Aufenthalt in Deutschland gefallen hat oder nicht. Ich weiß nur, dass sie eine Mordszene hinlegte und mein Göttergatte richtig wütend wurde. Sie zog den Schwanz ein und wollte wieder zurück nach Brasilien. So fuhren wir keine dreizehn Tage später wieder nach Frankfurt. Am nächsten Tag mussten wir wieder früh raus zur Arbeit.

Als Clara geboren wurde, kam Ana noch mal zu Besuch. Diesmal lief alles gut. Sie blieb ein paar Tage bei uns und reiste dann nach Griechenland. Sie verbrachte zwei Wochen dort, und als sie zurückkam, meinte sie: „Ich will nicht mehr bei Oma leben."

„In Ordnung! Willst du hier in Deutschland leben?", fragte der Göttergatte.

„Ja."

Er zeigte ihr die Zeugnisse von der Universität. Wir sprachen mit ihr. Madame nahm auf meine Kosten an einem Deutschkurs teil.

Wir schickten eine Bewerbung für ein bezahltes Praktikum zu einer großen Firma und einer Bank. Damals studierte sie Wirtschaft und hatte bei einer Bank in Brasilien ein Praktikum absolviert. Ana wurde von der Bank zu einem Vorstellungsgespräch eingeladen, und ich begleitete sie, da sie fast kein Deutsch sprach.

Die Filialleiterin sagte: „Wenn du so gut Deutsch sprichst wie deine Mutter, kannst du ein Praktikum oder einen Minijob mit zwei Stunden pro Tag bekommen, bei dem du mindestens 600 Mark pro Monat verdienst, oder Vollzeit, dann verdienst du sogar 2.400 Mark. Du gehst nach Brasilien, lernst dort Deutsch, und wenn du zurückkommst, hast du die Stelle."

Ich bezahlte also für den Deutschkurs in Brasilien. Das Mädchen jedoch wollte nichts: Sie wollte weder nach Deutschland kommen noch das Praktikum machen. Ich bin froh, dass die Dame schließlich angerufen und mir mitgeteilt hat, dass sie keine Praktikantin mehr benötigen würden!

Ach ja! Ich habe vergessen zu erwähnen, dass sie ebenfalls einen italienischen Pass hat. Sie kann überall in der EU leben und arbeiten. Darüber habe ich einmal mit meinem Bruder Pedro gesprochen (Pedro, das ist das zweite Buch, in dem du auftauchst, also wirst du berühmter sein als mit deiner Musik und deiner Gitarre).

Ich kenne viele Brasilianer*innen, die ein Auge, eine Niere, ein Bein, einen Arm geben oder ihre Mutter, Schwiegereltern oder Partner verkaufen würden, um den Pass zu ergattern, den du hast.

Eines schönen Tages rief meine Mutter an: „Ana ist schwanger! Entweder sie treibt ab oder sie heiratet."

Der Göttergatte erklärte sofort: „Wir adoptieren."

Ich sagte: „Lass mich mal mit ihr reden!

„Willst du das Kind?"

„Ja."

Und da kam meine Mutter ins Spiel, die meinte, dass Ana heiraten müsste.

Ich sagte: „Ich glaube nicht, dass sie sofort heiraten muss. Zunächst muss sie mit dem Vater des Kindes zusammenleben. Wenn das klappt, soll sie heiraten."

Ich erinnere mich daran, dass meine Mutter mir, als ich jung war, jeden Tag schreiend mitgeteilt hat: „Pass bloß auf, ich will keinen Bastard als Enkelkind!"

Nun, mein Enkel wurde geboren. Tatsächlich ist er mehr der Enkel meiner Mutter als meiner. Er lebt in Brasilien und wir haben fast keinen Kontakt.

Das letzte Mal ist Ana hier aufgetaucht, als mein Enkel drei Monate alt war. Er ist ein süßer Kerl, so aufmüpfig und unruhig wie seine Mutter. Das Schlimmste ist, dass er jetzt all das, was Ana mit mir getrieben hat, mit ihr treibt. So ist das Leben. Die Menschen müssen lernen, dass das Leben Pirouetten dreht und uns viele Dinge lehrt.

Was wir hier tun, bezahlen wir hier!

Einer der großartigsten Aussprüche meiner Großmutter. Sie war diejenige, die mir am meisten geholfen hat. Die alte Frau gab mir immerzu Kraft, und nach ihrem Tod hatte ich das Gefühl, dass die Person, die mich gern hatte, nicht mehr da war. Das war ein weiterer Grund, warum ich ausgewandert bin!

13 Hundesitterin

Ich habe vieles in Deutschland gemacht, aber was mir bisher am besten gefallen hat, war die Arbeit als Hundesitterin. Das heißt: „Gassi gehen".

Natürlich musste ich zuerst Deutsch lernen, um diesen Job zu bekommen. Einfach war das nicht!

Nachdem ich in Brasilien zwei Universitäten besucht hatte und hier ankam, versuchte ich mich in dieser Profession, aber es war nicht einfach, denn jedes Mal, wenn ich die Anzeige in der Zeitung sah, rief ich die Damen an, denen die Tiere gehörten, und schlug vor, ihren Hund spazieren zu führen. Da kam immer dieselbe Frage: „Sprechen Sie denn Deutsch? Wenn nicht, können Sie ja gar nicht mit meinem Hund kommunizieren!"

Okay, also lernte ich drei Jahre lang Deutsch. Nach meinem Diplom Deutsch als Fremdsprache bekam ich dann tatsächlich eine Stelle als Hundebabysitter.

Ich bin Frau Liebehund unendlich dankbar, die mir vertraute und es mir erlaubte, meinen ersehnten Berufswunsch zu verwirklichen und mit ihrem Pudel spazieren gehen zu dürfen. Der Ehrlichkeit halber muss ich sagen, dass eigentlich nicht ich mit ihm spazieren gegangen bin, sondern er mit mir. Es war ein echter Kampf. Kaum zu glauben! Der Teufelsbraten hatte die Kraft eines Fila Brasileiro. Er zog mich durch den verschlammten Rasen und über kotverseuchte Hundewiesen. An Regentagen war es noch schlimmer: Die Kreatur schleifte mich durch sämtliche Pfützen, und wenn wir zu Hause ankamen, schüttelte er sich kräftig, um mich noch mal ordentlich zu baden. Trotzdem mochte ich Teddy. Als ich einmal alle Fenster öffnete, weil die Luftqualität in der Wohnung wirklich schlecht war, rief mich die Besitzerin des Hundes nachts an und flehte: „Um Gottes willen, halten Sie bloß alles geschlossen! Teddy hat den ganzen Tag gebellt und den Nachbarn nicht schlafen lassen, der daraufhin die Polizei gerufen hat. Die Polizei konnte zwar nichts tun, hat mich aber angerufen, um mir mitzuteilen, dass mein armes Hündlein gebellt hat wie verrückt."

Nie wieder habe ich jemals etwas offen gelassen. Ich habe stets alles penibel abgesucht. Wenn das Fenster im Schlafzimmer des Paares doch einmal gekippt war, habe ich es umgehend verriegelt. Dadurch hätte ich schließlich fast meinen Job verloren. Sollte es noch einmal vorkommen, hätten sie mich auf die Straße gesetzt – diesmal allerdings ohne Hund.

Manchmal trafen wir beim Gassigehen durch den Park natürlich auch auf andere Hunde. Das war schrecklich! Teddy war immer zum Raufen aufgelegt, egal wie groß das andere Tier war. Wenn ich einen Hund auf uns zukommen sah, schaute ich ihm immer zwischen die Beine. Wenn es eine Hündin war, war alles in Ordnung, aber wenn es ein Rüde war, hieß es: nichts wie weg! Dann lief ich gleich los und schleifte den armen Teddy hinter mir her, der seinen Rivalen bereits anknurrte.

Eines Tages nahm ich meine Tochter mit zum Spazierengehen. Es war die reinste Katastrophe. Das Mädchen im Kinderwagen, die Leine rechts am Kinderwagen, wo ich sie festhielt. Plötzlich rannte der Hund los und zog mich und den Kinderwagen mit Clara drin hinter sich her.

Als ich den Hund zurück nach Hause brachte, nahm ich meine Tochter aus dem Wagen und ging auf die Toilette. Zurück in der Küche entdeckte ich Clara, die soeben dabei war, Teddys Futter zu verspeisen. Sie bellte nicht und der Hund sprach nicht. Für mich war also alles wie immer. Ich war mir sicher, dass Clara ordentliche Bauchschmerzen bekommen würde, doch weit gefehlt – ich glaube sogar, es hat ihr geschmeckt, denn jedes Mal, wenn sie seitdem mit mir zum Haus des Hundes ging, rannte sie schnurstracks zur Futterschale. Nach einer Weile zog Frau Liebehund um, und ich verlor meinen wunderbaren Job als Hundesitterin.

14 Los Mädchen, beeil dich!

Wisst ihr, wer sich mal beeilen sollte? Meine Tochter Clara. Das sagen wir ihr den ganzen lieben Tag lang.

Sie steht nämlich hier neben mir und geht mir auf die Nerven. Isst eine Banane und springt umher wie ein Affe:

„Du darfst nicht über mich schreiben, sonst schreib ich auch über dich!"

„Nur zu, so gelange ich vielleicht zu Berühmtheit!", antworte ich.

Sie ist der trödeligste Mensch, den ich kenne. Bei allem, was sie tut, verzettelt sie sich. Sie braucht Stunden zum Essen, zum Anziehen, zum Baden oder auch nur um den Mund aufzumachen; unter der Dusche braucht sie so lange, als würde sie einen Elefanten waschen und nicht sich selbst. Wenn sie mal erwachsen ist, arbeitet sie wahrscheinlich in einer Fadenfabrik, um viele Rollen Faden zu produzieren – da werden einige Überstunden anfallen. Sie hat so einiges von mir geerbt, etwa den Charakter. Wir sind uns sehr ähnlich, daher streiten wir wie Hund und Katze. Die Sturheit hat sie auch von mir. Von ihrem Vater hat sie die Füße, die Hände und die Haare, die so dünn sind wie Engelshaar. Davon abgesehen hat sie allerdings reichlich wenig von einem Engel; sie weint genauso viel, wie ich es als Kind tat.

Einmal wollte die Hausmeisterin sogar die Polizei rufen, weil das Mädchen mehr als zwei Stunden am Stück krakelte. Sie bekam ihre Zähne. Ich glaube, sie hat meinen Wein-Rekord gebrochen. Ich habe einmal vom Cinelândia Platz bis zum Mauá Platz in Rio de Janeiro, also zirka 2km, durchgeweint – zu Fuß, versteht sich.

Einmal, es war unser Hochzeitstag, war die Babysitterin bei uns (eine Freundin bot an, bei Clara zu bleiben). Das Kind weinte so sehr, dass im Nachhinein sowohl die Freundschaft als auch das Kindermädchen auf der Strecke blieben.

Lange Zeit dachte ich, dass die Nachbarin nicht gut hörte, weil sie sich nie über die Heulerei beschwerte. Einmal kam sie auf mich zu, um über einen Wasserschaden im Badezimmer zu sprechen, und meinte: „Ach ja! Dem Mädchen, das so viel geweint hat, geht es nun wohl besser?"

Der neue Hausmeister kam ebenfalls, um sich zu beschweren. Ich schaute ihn an und sagte: „Ich habe so geweint, dass mein Vater mir so lange auf die Hand geschlagen hat, bis ich aufgehört habe zu weinen. Soll ich dasselbe tun? Ich glaube, es ist besser zu warten, bis sie verständiger ist."

„Das denke ich auch", sagte er.

Ab und zu hat sie immer noch ihre Anfälle, aber mein Göttergatte und ich sind mittlerweile daran gewöhnt. Es stört uns nicht mehr. Ich sage nur immer wieder: „Du hast immer nur geweint, morgens, abends und nachts, rund um die Uhr. Das ist nichts Neues. Etwas Neues wäre, wenn du mal nicht weinst!"

Unsere Super-Terroristin Nummer zwei ist auch superschlau, sie lernt alles sehr schnell. Es ist ein echtes Wunder, wenn sie mal von allein die Initiative ergreift. Sie beschwert sich immer wieder, dass ihr langweilig ist, tut aber nichts, um das zu ändern. Wenn wir in Brasilien sind, wird ihr Vater nicht müde, zu erklären: „Die Prinzessin auf der Erbse ist mit ihren beiden Sklaven in Brasilien eingetroffen." Mit „beiden Sklaven" meint er mich und meinen Göttergatten.

Jeden Tag bete ich die gleiche Litanei herunter: „Clara, hast du dein Gesicht gewaschen, deine Zähne geputzt und deine Haare gekämmt?"

Ob sie das jemals lernen wird?

Clara morgens aus dem Bett zu bekommen, ist ein Mordstheater – alles geht im Schneckentempo. Eines Tages wird die Polizei an die Tür klopfen. Wenn das Kind hier in Deutschland nicht zur Schule geht, ruft der Schulleiter die Polizei an, und die kommt, um zu fragen, warum die Eltern ihre Kinder nicht zur Schule schicken.

Genau wie in Brasilien? Nein, natürlich nicht. Dort kümmert sich die Polizei nicht um solche Dinge.

Sie ist Schmuserin und Brasilianerin, von einer Deutschen hat sie rein gar nichts, sie steht auf Samba, liebt Brasilien und sagt: „Wenn du und Papa tot seid, gehe ich nach Brasilien."

Fragt mich nicht, warum – ich weiß es nicht!

Dreimal dürft ihr raten, wen sie beim Fußball anfeuert …

Brasilien!

Brasiiiiiiilien!

Wie sehr leidet mein armer deutscher Ehemann darunter!

Clara liebt einfach alles, was von dort kommt: die Musik, das Essen, ... Hier zu Hause bricht jedes Mal ein wahrhaftiger Krieg aus, wenn es darum geht, eine Mango zu teilen. Damit ist nicht zu spaßen!

Sie kann zwar Portugiesisch lesen und schreiben, das habe ich ihr schließlich beigebracht, aber sie spricht es nur, wenn ich nicht in der Nähe bin, da sie weiß, dass ich auch Deutsch verstehe. Ich liebe dieses Mädchen. Sie ist wirklich süß, aber das, was sie an Süßem hat, hat sie auch an Saurem!

15 Der Besuch der Rivalin

Ich denke, das Problem der Rivalität stammt aus meiner Familie mütterlicherseits. Meine Mutter und ihre Schwestern haben immer miteinander konkurriert. Sie hat mich nie als ihre Tochter betrachtet – für sie bin ich eine Rivalin.

Ich glaube, sie hat mich immer gehasst. Sie hat immer schlecht über mich gesprochen. Lob habe ich von ihr niemals erfahren. Als ich einmal zwischen ihr und meiner besten Freundin auf der Couch saß, durfte ich mir zwei Stunden lang anhören, dass ich einfach alles falsch machen würde. Ganz so, wie es sich für eine liebende Mutter gehört!

Als ich Teenagerin war, wollte sie sogar einmal mit mir den Freund tauschen.

Tut mir leid, Mama, aber wenn es um meine Freunde geht, bin ich egoistisch, genau wie bei Schokolade. Was mir gehört, gehört mir, ich gebe es nicht her, ich verleihe es auch nicht. Es ist meins, und zwar meins allein.

Ich glaube, sie schwärmte immer für meinen Ex-Mann. Als ich verheiratet war, erfuhr ich von ihm, dass sie was von ihm gewollt hatte (ihr wisst schon, was ich meine …). Ich habe sie nie zur Rede gestellt. Sie würde es nicht zugeben, und es stünde sein Wort gegen ihres.

Und so etwas bei ihrer einzigen Tochter! Von mir aus kann sie ruhig mit meinen Ex-Freunden oder einem Kollegen meines Freundes flirten, da mische ich mich nicht ein. Aber das war ja wohl die Höhe!

Sie sah in mir so sehr eine Rivalin, dass sie sich entschloss, ebenfalls an die Uni zu gehen, als ich zu studieren begann. Damals kam sie an und sagte: „Ich zahle nicht für deine Uni. Warum gehst du nicht auf eine öffentliche? Ich bezahle für mein eigenes Studium."

Gott sei Dank hat mein Vater mein erstes Jahr an der Uni bezahlt. Na ja, manchmal kam das Geld zu spät an und ich musste die Abschlussprüfungen später machen. Letzten Endes zahlte ich zwei Jahre von meinem Gehalt als Lehrerin, und die letzten zwei Jahre bezahlte mein Ex-Mann.

Als ich anfing zu arbeiten, verlangte meine Mutter, dass ich die Nebenkosten der Wohnung übernahm, in der wir wohnten. Wie sollte ich das mit dem miserablen Hungerlohn einer Grundschullehrerin stemmen? Das Gehalt reichte gerade für die Busfahrkarten zur Universität und retour. Für die Bücher gab es auch keinen Pfennig. Ich musste sie mir von Kommilitonen ausleihen oder sie in der Bibliothek lesen.

Ständig will sie sich mit mir messen. Wahnsinnig anstrengend! Alles, was ich ihr erzähle, kontert sie mit: „Meins ist aber besser!"

Hat sie sich bei der Frau meines Vaters angesteckt oder handelt es sich um eine brasilianische Neurose?

Meines Erachtens könnte sie jetzt, da sie alt ist, gut und gerne ihren Minderwertigkeitskomplex ablegen. Ich habe jedenfalls nicht vor, Weltrekorde zu brechen! Das Leben ist schließlich kein Familienwettbewerb. Eines Tages rief sie mich an und fragte: „Du lebst schon noch, oder? Deine beiden Cousins waren ja in deinem Alter, als sie von uns gegangen sind!"

Nach diesem Telefonat schickte ich ihr eine Postkarte mit einem Geier, der auf einem Ast sitzt und wartet ... Ich glaube, sie hat die Aussage dahinter verstanden!

Meine Mutter kam zweimal hierher – das erste Mal, weil Anas Psychologe sagte, dass es mit dem Mädchen nur besser werden würde, wenn ich mit meiner Mutter zurechtkäme.

Zu ihrem Sechzigsten schenkte ich ihr ein Flugticket für die Reise. Mein Göttergatte half mir finanziell aus, und wir kamen für all ihre Ausgaben hier in Deutschland auf. So weit, so gut.

Bei der zweiten Reise war das etwas anderes, und davon möchte ich hier kurz berichten.

Beide (sie und Ana) beschwerten sich über ihre Situation in Brasilien: „Wir haben kein Geld, Ana ist schwanger."

Ich konnte kein Geld schicken, weil ich vom Geld meines Göttergatten lebte. Ich hatte Mutterschaftsurlaub ohne Bezahlung genommen. Ich hatte für Clara einen Platz in einer Kindertagesstätte ergattert und musste das Mädchen langsam eingewöhnen. Parallel dazu musste ich anfangen zu arbeiten, denn wir waren zu diesem Zeitpunkt ständig pleite. Der Göttergatte und ich hatten unsere Wohnung und ein größeres Auto gekauft, und er musste sein BAföG zurückbezahlen. Alles zusammen war zu viel für ihn, also beschloss ich, wieder arbeiten zu gehen.

Die Gute rückte also bei uns an und sagte: „Ich bleibe drei Monate."

Wir kauften ein Einzelbett und stellten es in Claras Zimmer. Hierzulande nennt man das wohl ein „halbes Zimmer". Das Babybett haben wir in unser Zimmer gestellt. Unsere Wohnung ist superklein, weil die Immobilienpreise in München einfach absurd hoch sind.

Ich habe die Fahrkarten für ihre Unternehmungen in München gekauft (anders als in Rio bezahlt man hier für einen Monat und kann alles benutzen: Bus, Straßenbahn, U- oder S-Bahn).

Der erste Monat war in Ordnung, aber im zweiten und dritten Monat traten allmählich Probleme auf. Die Post brauchte zwei Monate, um mir das Gehalt zu überweisen, das ich ihr zu geben beabsichtigte, um es nach Brasilien mitzunehmen. Außerdem knackste sie sich einen Zahn an und ihre Brille gleich dazu. Da sie nicht versichert war, musste ich für alles aufkommen, und das war nicht gerade wenig: Für den Zahnarzt, den Optiker und die Brille kamen insgesamt Kosten von mehr als 400 Mark auf mich zu. Noch dazu bezahlte der Göttergatte der alten Dame zwei Urlaube in Italien, und trotzdem verbreitete sie unter unseren Freunden tausend Klatschgeschichten über uns. Zu meinen Freunden sagte sie immer: „Ich vermisse meine perfekte Putzfrau in Brasilien." Damit meinte sie natürlich nicht mich als Person, sondern meine Raumpflegearbeiten, die ich früher bei ihr zu Hause durchgeführt hatte.

Jedes Mal, wenn ich putzte oder eine Portugiesischstunde gab, gab ich ihr die Hälfte von dem, was ich verdiente. Sie ging los und kaufte nur zwei Semmeln, obwohl wir zu viert waren. Mein Göttergatte kam nach Hause, ging in die Küche, sah die Semmeln und fragte: „Wem gehören eigentlich die Semmeln?"

„Die sind von Mama."

„Woher hat sie denn das Geld dafür?"

„Von mir."

„Dann nehme ich mir mal eine."

Sie kaufte fast jeden Tag Schokolade – die billigste, die es gibt. Diese hamsterte sie dann unter der Matratze, um sie nicht mit mir teilen zu müssen. Eines Tages wurde sie stocksauer, weil ich sagte: „Ich kann meinem Göttergatten nicht noch mehr Geld aus der Tasche ziehen, um deine Tickets zu bezahlen." In diesem Monat musste sie ihre Tickets von ihrem eigenen Geld bezahlen.

Sie nahm Geschenke für die ganze Familie mit nach Brasilien. An meine beste Freundin schrieb sie, nachdem sie nach Hause zurückgekehrt war: „JETZT BIN ICH IM PARADIES!"

WAS WAR FÜR SIE DANN WOHL UNSER HAUS?

ICH SCHÄTZE, DIE HÖLLE MIT DREI KLEINEN TEUFELCHEN!

16 Die Firma

Mein Göttergatte brachte mich auf die Idee, über die „Firma" zu schreiben, in der ich mehr als sieben Jahre lang gearbeitet hatte.

Glaubt bloß nicht, dass es so einfach ist, in einem anderen Land zu arbeiten! Ich habe ja so einiges an Erfahrung gesammelt. Zuerst in Brasilien: von der Arbeit als Psychologin bis hin zur Schokoladenverkäuferin von Tür zu Tür. Als ich 1987 versuchte, in den USA ein neues Leben zu beginnen, nahm ich dort Jobs wie Babysitterin oder Haushälterin an. Jetzt in Deutschland: von der Hundebabysitterin zur Datentypistin in der Firma.

Die Wahrheit ist, dass ich in der Firma alles mal gemacht habe, von der Sortierung der Briefe nach Postleitzahl bis zum Abstempeln. Ich war in einer Abteilung, wo ich die Postleitzahl und den Namen der Person eingeben und in einem speziellen Programm nach der neuen Adresse der Person suchen musste, falls sie umgezogen war. Nicht sonderlich anspruchsvoll, und dementsprechend auch sehr eintönig. Das wäre jedoch gut zu ertragen, wenn die Menschen, die dort arbeiten, normal wären; aber da ist einer durchgeknallter als der andere. Ich hatte mehrere Chefs, insgesamt waren es fünf, und jeder hatte seinen eigenen Tick. Einer von ihnen (Herr Blud) beschwerte sich immerzu, weil ich die riesigen Kisten mit den Briefen darin nicht herumtrug. Da wurde es mir irgendwann zu bunt und ich sagte zum Unterchef (Herrn Wand), dass das nicht meine Aufgabe sei und dass es dafür extra einen Kollegen gebe, dem diese Aufgabe zugeteilt worden sei, abgesehen davon, dass mein Rücken schmerze. Danach ließ er mich in Ruhe.

Ein anderer Unterchef (Herr Kamara) hatte mich bereits dreimal angeschrien: das erste Mal, weil ich ihm sagen wollte, dass der Computer extrem langsam lief und fast zum Stillstand gekommen war. Da schrie er: „Ich weiß, Frau Bonacelli! Ich kann nichts tun! Sie können sich ruhig wieder hinsetzen!"

Beim zweiten Mal hatte ich meine Brille zu Hause vergessen, ohne die ich die Hand vor Augen nicht sehe. Da schrie er mich erneut an: „Frau Bonacelli, hören Sie doch mit diesem Theater auf. Gehen Sie zu Ihrem VCP (ein Bildschirm, auf dem der Brief als Foto erscheint) und lesen Sie, sortieren Sie und schreiben Sie!" Ich versuchte ihm zu erklären, dass ich nichts sehen könne, und obwohl er selbst eine Brille trug, wollte er das nicht akzeptieren. Schließlich lieh ich mir die Brille einer Kollegin aus. Beim letzten Mal hieß es dann: „Sie tratschen mit Ihrer Kollegin, anstatt zu arbeiten." Da wurde ich sauer, denn es ging schließlich um Informationen über die Arbeit. Ich war vier Wochen lang im Urlaub und krank gewesen. Außerdem erklärte ich meiner Kollegin, dass ich den linken Arm nicht bewegen konnte, den ich brauchte, um die Briefe aus der Kiste zu holen. Dann schrie ich, lauter als er: „Erstens tratsche ich nicht, ich spreche über unsere Arbeit. Zweitens kann ich meinen linken Arm nicht bewegen. Wenn Sie unzufrieden mit mir sind, schmeißen Sie mich doch raus. Und drittens, schreien Sie mich nicht so an, denn ich kann noch viel lauter schreien." Dann war Ruhe, er redete fortan nicht mehr mit mir, und das war auch besser so!

Der Personalchef (Herr Scholl) rief mich, weil ich keine Überstunden machen wollte, und sagte: „Ob es Ihnen gefällt oder nicht, Sie arbeiten für die Firma und sind gezwungen, eine Stunde länger zu arbeiten."

Ich habe noch einen zweiten direkten Vorgesetzten. Ich nenne ihn Herrn Schrank, denn er ist wirklich ein richtiger Schrank, und zwar einer von denen, bei denen man aufpassen muss, dass man sich nicht den kleinen Zeh anhaut. Wir stritten immer wegen der Urlaubstage. Er wollte mir immer dann Urlaub geben, wenn ich gar keinen wollte, und wenn ich einen brauchte, ging der Kampf von vorne los, denn er wollte mir den Urlaub nie geben.

Sowohl der Personalchef (Herr Scholl) als auch der Chef (Herr Kisten) haben mich schon einmal gerufen, um herauszufinden, warum ich krank war: Das erste Mal erklärte ich, dass es an den Wechseljahren liege, die mich wachhielten, dem Problem mit der Schilddrüse, die nicht mehr so recht tat, was sie sollte, und nicht zuletzt an dem kalten Klima in Deutschland. Beim zweiten Mal erwiderte ich, dass die Firma schuld sei. Die Klimaanlage, die im Sommer den Ort, an dem ich arbeitete, einfror, und im Winter die Heizung, die uns regelrecht das Gefühl gab, in der Sauna zu sitzen – sehr gesund!

Ein anderer Chef hatte mich bereits zweimal angeschrien: „Gute Frau, Sie können nicht hier in unserer Abteilung bleiben, denn Sie sind zu langsam und machen zu viele Fehler!" Und wie ich es kann! Ich erstellte eine Statistik und zeigte sie ihm. Eines Tages rief er mich zu sich und erklärte: „Sie können bleiben!" Beim nächsten Mal wird er besser zuhören.

Das Handy ist während der Arbeitszeit verboten. Einmal rief mich mein Göttergatte an, um mir mitzuteilen, wann ich Clara von der Schule abholen sollte. Nur eine Minute, bevor wir unsere Zwangspause einlegen mussten, holte der Oberchef (Herr Wand) mich zu sich. Er bat mich in sein Büro. Dort brüllte er dann wie ein Verrückter: „Wissen Sie denn nicht, dass es verboten ist, Mobiltelefone zu benutzen? Wenn Sie Probleme haben, müssen Sie es Ihrem Chef sagen, nur so können Sie Ihr Handy eingeschaltet lassen und Ihren Anruf entgegennehmen."

Ich entschuldigte mich und meinte, dass ich beim nächsten Mal tun würde, was er sage. Nun, dieser wunderbare Chef (Herr Wand) lud jede Woche zu einer Versammlung ein. Ich weiß nicht, ob er ein Nachfahre des Schulleiters von Rio de Janeiro ist. Sie sind sich jedenfalls recht ähnlich ... Als ich dort als Lehrerin arbeitete, gab es jeden Dienstag ein Treffen, bei dem wir die albernsten Dinge besprachen, die ich je gehört habe. Hier, 10.000 Kilometer entfernt, tut die andere Nervensäge dasselbe.

Er sagte einmal: „Ihre Ergebnisse sind sehr schlecht. Es ist Ihnen verboten, sich die Hände einzucremen, Lippenbalsam aufzutragen und während der Arbeitszeit auf die Toilette zu gehen. Das dürfen Sie nur in der Pause."

Das wäre halb so wild, wenn das Klima in Deutschland so feucht wäre wie in Brasilien ... Hier läuft jedoch ständig die Heizung, weil es kalt ist. Die Lippen werden supertrocken. Wenn man sich die Hände wäscht, ist das Wasser kalkhaltig, und dadurch wird die Haut superrau.

Auch der Gang zur Toilette wird kontrolliert. Einmal hatte ich eine Blaseninfektion, die sich über drei Wochen hinzog, weil ich auf die gesegnete Pause wartete, um zur Toilette gehen zu können. Der Arzt meinte: „Ob kontrolliert wird oder nicht, Sie müssen auf die Toilette gehen und fertig. Wenn Ihr Chef Ihnen nicht glaubt, lassen Sie ihn mitgehen und hinter der Tür zuhören, ob Sie Ihre Bedürfnisse erledigen oder nicht. Sonst könnte es wieder zu einer solchen Blasenentzündung kommen."

Ich weiß, dass die Deutschen superneurotisch sind, aber ich hätte nicht gedacht, dass sie so extrem sind.

Ich habe noch nie erlebt, dass mir ein Chef ein Kompliment gemacht hat, sie tauchen immer nur auf, um sich zu beschweren. Das Schlimmste ist die Statistik, die über die Produktionsmenge erstellt wird. Ich wies die werten Herren darauf hin: „Ich kann nicht gut Deutsch sprechen, aber Statistiken habe ich sehr gut gelernt. Ich war eine der besten Studenten an der Universität."

Sie gehen immer von einer falschen Berechnungsgrundlage aus. Dann kommen sie und beschweren sich: „Ihre Produktivität wird immer schlechter!"

Meine lieben Chefs, nehmen Sie nächstes Mal eine reelle Basis, nicht eine

Hypothese. Auf diese Weise erhalten Sie die Realität und nicht die Fantasie, die Sie in Ihrem Kopf haben. Das heißt, Sie nehmen von jedem Monat einen Wochentag oder schauen sich den Quotienten eines Monats an, zum Beispiel: Januar, Februar und so weiter – das ist die Realität. Keine Statistik, die von einer Gruppe von Kontrolleuren erstellt wurde. Die stehen dann am Arbeitsplatz und lassen die Arbeitnehmer unbewusst wie Maschinen arbeiten, weil sie Angst davor haben, diesen verdammten Job zu verlieren, und sich überwacht fühlen.

Das lieben die Deutschen nämlich am meisten: KONTROLLE. Sie lieben dieses Wort, und sie üben sie jede Minute aus, überall, in jeder Situation, und am Ende fühlt man sich wie in einem richtigen Gefängnis.

17 Endlich volljährig und die Bayern

Man könnte sagen, dass die erste Reise nach Brasilien schlecht, die zweite gut und die dritte chaotisch verlief.

Clara war neun Monate alt, Ana stand kurz vor ihrem einundzwanzigsten Geburtstag. Ein guter Grund, nach Brasilien zu fahren und der Familie den Nachwuchs vorzustellen. Wir wollten den einundzwanzigsten Geburtstag der Tochter feiern und Weihnachten und Silvester an einem wärmeren Ort verbringen, auf brasilianische Art, denn die deutsche ist für meinen Geschmack zu ruhig und deprimierend. Außerdem war es eine Gelegenheit, alle mal wiederzusehen.

So weit, so gut, wenn Mutter sich nicht ständig in Andeutungen ergossen und beklagt hätte: „Ihr wisst, dass hier in Brasilien alles so teuer ist: der Strom, das Gas, die Eigentumswohnung, das Telefon und das Essen. Ich, meine liebe Tochter, habe keinen Pfennig übrig, meine Rente ist nicht mal ausreichend, um davon leben zu können."

Sie erhält etwa 600 Euro im Monat, was für einen Rentner in Brasilien und für das Finanzamt ein Vermögen ist.

Letzten Endes haben wir alles bezahlt, um uns den Rest des Urlaubs nicht mehr diese Litanei anhören zu müssen. Diesmal mussten wir auch noch die Weihnachtsfeier im Haus meiner Tante bezahlen. Da kam einiges zusammen! Abgesehen davon, dass wir selbst kochen und putzen mussten.

Gleich nach unserer Ankunft wurden wir im Haus von Anas Kommilitonen zum Grillen eingeladen. Wir aßen viel, genossen das köstliche brasilianische Fleisch – und das Beste: Alles war umsonst. Wir mussten nichts bezahlen! Alles lief supergut, bis zum nächsten Tag ...

Meine Mutter wollte ein kleines Fest zum Geburtstag ihrer Enkelin veranstalten, nur Kaffee, Kuchen und Limo. Mein Göttergatte und ich dachten, es wäre praktisch, weil wir nicht alle einzeln besuchen müssten. Da rief das Geburtstagskind laut: „Ich will ein richtiges Festmahl! Einen Bohneneintopf mit allem Drum und Dran!" Am nächsten Tag war die Gute noch missgelaunter, sie richtete sich her und erklärte: „An meinem Geburtstag arbeite ich nicht. Wenn ihr feiern wollt, tut es! Ich gehe an den Strand."

Ich ging in die Küche, um bei den Vorbereitungen zu helfen. Der Göttergatte war für den Wohnungsputz und das Baby zuständig. Er war extrem gut gelaunt. Er sang, mit einer Hand fegte er, und mit der anderen Hand hielt er seine Tochter im Arm. Er putzte das Haus blitzeblank.

Wir saßen bereits mit den Gästen am Esstisch, als das Geburtstagskind eintraf.

In der folgenden Woche holten wir meinen Schwager Kaio und seinen Freund Franz aus Deutschland am Flughafen ab. Wir brachten sie nach Hause, damit sie duschen und sich ein wenig von der Reise erholen konnten. Danach brachen wir auf, um im Haus meiner Tante die letzten Vorbereitungen für Weihnachten zu treffen. Als wir ankamen, fanden wir eine Nachricht der beiden vor: „Wir drehen eine Runde und kommen gegen elf Uhr abends zurück." Als Anna die Wohnung betrat, fragten wir: „Wo sind die beiden denn? Sind sie nicht bei dir?"

„Als ich ging, waren sie zu Hause, dann bin ich zu einem Freund gegangen."

Eine Minute lang waren wir alle vier – meine Mutter, Ana, mein Göttergatte und ich – schockiert, als wir uns gegenseitig ansahen. Die Wohnung liegt im Rio Comprido, ganz in der Nähe der gefährlichen Favela (Armutsviertel) von Estácio.

Was wollten sie tun? Zwei sehr käseweiße hellblonde Bayern, ohne ein Wort Portugiesisch zu sprechen? Entdecker oder Selbstmörder?

Ich brachte Clara in ihr Bettchen, meine Mutter ging, um für die beiden Vermissten zu beten, mein Göttergatte und Ana gingen hinaus, um nach den beiden zu suchen. Schließlich fanden sie die beiden Bier trinkend in einer gut besuchten, aber ziemlich abgewrackten Kneipe. Sie erzählten: „Wir hatten keine Probleme, mit dem Besitzer der Bar zu kommunizieren. Es war nur ein bisschen seltsam, dass ein Kind rausgeworfen wurde, nachdem es uns zugerufen hatte: ‚Scheiß Gringos!'"

Sie waren bereits von ein paar Homosexuellen umringt, als mein Göttergatte dazukam.

Das touristische Programm mit den beiden war erschöpfend: Zuckerhut, Corcovado, Tijuca-Wald, Botanischer Garten, Paquetá, Petrópolis, Samba-Schulen (Estácio und Salgueiro) und die Strände.

Auch am Strand hatten sie Probleme. Sie konnten gut schwimmen, keine Frage, aber die Barra da Tijuca ist nun mal gefährlich. Sie waren über die Begrenzung hinausgeschwommen. Die Rettungsschwimmer schwammen raus, um sie zu holen, und schrien: „Kommt zurück, Leute, ihr schwimmt direkt in die Strömung!"

Sie verstanden kein Wort und schwammen immer weiter raus. Es bildete sich schon eine Menschenmenge, sodass ich allmählich nervös wurde. Als mein Göttergatte ihnen zuschrie, kamen sich endlich zurück. Die Erleichterung war groß, als die beiden an Land kamen. Sie gingen auf die Promenade, um ihr geliebtes Bierchen zu trinken. *Gott sei Dank*!

Wir verbrachten Silvester in Copacabana, und sie waren hin und weg.

In der folgenden Woche fuhren wir nach Praia Seca. Zuvor schickte uns meine Tante eine Liste von Lebensmitteln, die wir mitnehmen sollten. Wir hielten das für absurd und brachten schließlich den Mut auf, einfach so aufzukreuzen, und sagten: „Wir hatten keine Zeit zum Einkaufen. Wir kaufen einfach hier ein, oder wir gehen aus und essen in einem Restaurant."

Mein Onkel kam auf die Idee, eine Nazi-Flagge zu hissen. Der Göttergatte wurde zur Bestie. Sie waren zwar Deutsche, aber schließlich keine Rassisten. Typisch Brasilianer – die vermischen alles und sind dabei nicht gerade subtil.

Wir blieben nur drei Tage. Mein Göttergatte hatte eine akute Mandelentzündung mit Fieber und Halsschmerzen. Da es in Araruama keine Fachärzte gab, endete es damit, dass ich ihn zu einem Kinderarzt brachte. Er bekam Antibiotika und wir fuhren zurück nach Rio.

Ana ging nur einmal mit den beiden Besuchern aus. Sie war eifersüchtig auf sie und hatte einige Anfälle. Sie meinten: „Wir haben Angst, wenn sie fährt."

Und die sind Motorradfahrer! Zu allem Übel war das Auto nur angemietet, und das Mädchen gab am Lenkrad den Rennfahrer.

Alle paar Tage tankten sie voll, aber nicht das Auto, sondern sich selbst: Sie kauften sich einen großen Kasten Bier.

Ich rief alle meine Bekannten an, aber niemand wollte mit ihnen ausgehen. Für uns, mit einem *Baby*, das die ganze Nacht nicht geschlafen hat, war es eine Qual. Wir zeigten ihnen den Weg zur Bieruniversität. Nach vier Wochen kehrten sie mit einem Pappbecher (dem Diplom) und der *Verdienstmedaille* nach Hause zurück.

18 Frustvoll

Fast zwei Jahre später flogen wir wieder nach Brasilien. Diesmal wollten wir ein Sommerhaus kaufen: Erstens würden wir so niemandem etwas zahlen müssen, und zweitens könnte Ana, wenn wir nicht gerade in Rio waren (und das ist ja nur alle zwei Jahre für einen Monat), darin wohnen oder es vermieten. Auf diese Weise würde sie sich etwas Geld dazuverdienen. Sie hatte ständig Probleme mit meiner Mutter und dem Vater meines Enkelsohnes.

Die Absicht war gut, aber die Hölle ist gepflastert mit guten Absichten.

Wir kamen an und hatten keine Bleibe, weil Ana bei meiner Mutter lebte, da sie sich mit ihrem Ex-Partner zerstritten hatte. Nach vierzehn Stunden Flug setzte sie uns mit meinem Vater in ihr Auto und begann, in ganz Rio de Janeiro herumzufahren, insbesondere im Viertel Santa Teresa. Sie sagte, dass wir uns dort unbedingt ein kleines Hotel ansehen müssten: „Das ist ganz prima!"

Es war ein wenig zu einfach für unseren Geschmack und zu teuer obendrein, abgesehen davon, dass es dort war, wo sich Fuchs und Hase gute Nacht sagen. Dann fuhr sie uns zum Autoverleih in São Conrado, um das Auto abzuholen, das wir gemietet hatten, und verschwand.

Mit dem Mietwagen brachten wir meinen Vater nach Hause. Es passte ihm eigentlich gar nicht, dass wir seinen Palast betraten, aber Clara war hungrig und durstig und musste auf die Toilette. Er hatte also keine Wahl. Wir führten ein kurzes Gespräch mit seiner Familie. Clara bekam Geschenke von der Frau meines Vaters und ihrer Schwester. Sie sagten, wir könnten im Pool baden, aber als wir das Angebot annahmen, hieß es: „Geht leider doch nicht, weil ihr kein ärztliches Attest habt. Schließlich sollen keine Krankheiten in den Wohnkomplex eingeschleppt werden."

Das ist die größte Idiotie, die ich je in Brasilien gesehen habe. Hier in Deutschland kann jeder in öffentlichen Schwimmbädern baden.

Letztlich schliefen wir ohne Unterkunft auf dem Boden auf einer Doppelmatratze in der Wohnung meines zukünftigen Ex-Schwiegersohnes. Sehr bequem: Das Badezimmer roch nach Gas, die Küche auch, die Spüle war immer voll mit Geschirr, und der Wasserhahn fiel ständig herunter. Ana beschwerte sich vehement: „Ihr habt mir keine Zeit gelassen, alles zu putzen!"

Es war das reinste Chaos, und wir bezogen die Betten neu.

Wir hatten mehrere Jahre gespart und unser Geld in Dollar umgetauscht. Wir hatten um die 15.000 Dollar, um die Ferien zu verbringen und das Häuschen unserer Träume zu kaufen. Meine Eltern, die im Ruhestand waren und ohnehin nichts zu tun hatten, sahen es allerdings nicht ein, mal einen Blick in die Zeitung zu werfen. Mein armes kleines Mädchen hatte auch keine Zeit. Ich glaube, sie hatten nicht das geringste Interesse daran – vermutlich wäre die Suche zu viel Arbeit gewesen.

Wir mieteten das Haus meiner Tante in Praia Seca und suchten von dort aus nach etwas Passendem. Wir konsultierten mehrere Immobilienmakler. Anhand der Zeitungsanzeigen schauten wir uns an mehreren Orten um: Praia Seca, Araruama, Saquarema, Búzios und Umgebung. Wir blieben mehr als zwanzig Tage, um uns Immobilien und Grundstücke anzusehen. Die Preise waren sehr hoch, und keine Immobilie war ihren Preis wirklich wert.

Mama kam mit meinem Enkel und blieb für ein paar Tage bei uns. Da Ana sie nicht abholen konnte, setzten wir die beiden in den Bus. Auf dem Rückweg bekam sie Probleme, weil sie die Geburtsurkunde des Kleinen nicht dabeihatte.

Wir fuhren also immer zwischen Rio und Praia Seca hin und her. Außerdem musste ich meine Dokumente im italienischen Konsulat abholen. Auf einer dieser Fahrten ging der Göttergatte zur Autovermietung, um sich über den Hinterreifen zu beschweren, der total abgefahren war. Der Eigentümer des Autos wollte, dass wir für einen neuen Reifen bezahlen, es war ein regelrechter Krieg. Dann brach obendrein noch der Griff an der Heckscheibe ab. Wir kauften also einen Reifen und montierten ihn. Außerdem reinigten wir das Auto und lackierten sogar die Kratzer, die wir nicht verursacht hatten. Wir lieferten das superglänzende Auto nachts ab, damit der Mann sich über nichts beschwert, in der Hoffnung, dass er uns die Kreditkartenkaution zurückgeben würde, die als Sicherheit hinterlegt war.

Im Haus meiner Tante räumten wir alles blitzsauber auf. Wir hinterließen einen vollen Wassertank, um das zu erstatten, was wir getrunken hatten. Meinem Onkel schenkten wir einen Whiskey als Dankeschön.

Der Vater meines Enkels dachte offenbar, wir seien Millionäre. Er war so nett, die Rechnungen für die Miete, die Nebenkosten, den Strom und das Gas an den Kühlschrank zu heften. Da wurde der Göttergatte wütend und sagte: „Lass uns in ein Hotel gehen." Gesagt, getan. Wir fuhren schnell zur Copacabana. Dort fand ich ein gutes Zimmer zu einem vernünftigen Preis!

Schließlich machte die ältere Tochter dann noch eine Mordsszene und erklärte: „Ich werde mich nicht um ein Haus, Grundstück oder sonst was kümmern, das ihr kauft. Ich habe kein Interesse. Nur wenn ihr hier in Rio was kauft, dann wohne ich dort, woanders kommt gar nicht infrage."

Der Göttergatte wurde zum Löwen: „Dann kaufen wir eben gar nichts, und das war's!"

Schließlich holten wir unser Geld aus dem Safe meiner Mutter und reisten ab.

Frustriert kehrten wir nach Deutschland zurück. Frustriert aufgrund der erfolglosen Immobiliensuche und der Familie!

19 Die Reise, die funktionierte

Unsere letzte Reise nach Brasilien war eine Überraschung für meine Familie, wir hatten insgeheim alles bis ins kleinste Detail geplant.

Wir flogen nach Recife im Nordosten. Das Erste, worum Clara bat, sobald wir aus dem Flugzeug stiegen und brasilianischen Boden betraten, war: „Bitte, Papa, mach die Heizung aus!"

„Ich kann nicht. Hier gibt es keine. Die Sonne erwärmt hier die Erde, darum ist es heiß."

Wir kamen am ersten Tag des Karnevals an. Eine Brasilianerin, die in München gelebt hatte, bat mich, ihr einige Dinge mitzubringen, und sagte: „Ich hole euch am Flughafen mit dem Auto ab und bringe euch zu eurem Hotel."

Wir fanden es großartig. Allerdings kam die Gute nicht mit dem Auto, und als wir sie trafen, erzählte sie: „Mein Cousin wurde erstochen. Deshalb bin ich nicht mit dem Auto gekommen!"

Ich dachte: *Also, warum bist du dann gekommen? Um uns zu erschrecken?*

Der Göttergatte ging auf die Toilette und brauchte für mein Empfinden zu lange. Ich ging ihm nach und rief von der Tür aus nach ihm. Wir wollten eigentlich sofort umkehren, schließlich waren wir drei Weiße mit vollgepackten Koffern und sahen wie Touristen aus.

Die Wechselstube war geschlossen, und meine Freundin konnte ebenfalls kein Geld wechseln. Da kam dem Göttergatten eine Idee: „Wir nehmen ein Taxi und fahren in ein Fünfsternehotel. Dort tauschen wir Geld um und fahren danach in unser Hotel im Stadtteil Piedade." Interessant ist, dass wir es immer schafften, unsere Probleme allein zu lösen, mit der Hilfe von anderen verkomplizierte sich hingegen immer alles.

Als wir am nächsten Morgen aufwachten, tranken wir unseren Kaffee und gingen an den Strand. Mein Göttergatte wollte einen Sonnenschutz aufbauen. Er kaufte vier dieser sehr dünnen Stöcke, und ich nähte ein Rechteck aus Stoff, das an die Stöcke gebunden werden sollte. So weit, so gut. Wir versuchten also, unseren fantastischen Sonnenschirm aufzustellen. In Brasilien ist das nicht so einfach mit all dem Wind. Unsere wunderbare Konstruktion war ein Reinfall. Sie flog wie ein Papagei am Strand entlang und wir rannten hinterher. In unserem Urlaub in Griechenland hätte es funktioniert. Damals gab es keinen Wind.

Wir gingen zum Karneval in Recife. Clara lief als Katze verkleidet durch die Stadt, und abends machten wir kurz einen Abstecher nach Olinda.

Einfach prima! Überall waren junge Leute, jeder mit seiner eigenen Wasserpistole! Wir mussten natürlich eine für unser Mädchen kaufen. Abends kamen wir supermüde ins Hotel zurück. Als die für das Hotel verantwortliche Dame uns Käsegesichter sah, meinte sie: „Wollen Sie mir nicht eine US-amerikanische Sonnencreme abkaufen? Ich habe sie nie benutzt. Auf diese Weise kann Ihr kleines Mädchen mehr als fünfundzwanzigmal so lange in der Sonne rumtollen."

Wir schlugen zu, doch in der Tube war überhaupt keine Sonnencreme. Das arme kleine Ding hat sich einen Mordssonnenbrand geholt! Es machte uns supersauer, dass diese Brasilianerin uns verschaukelt hatte. Sie sah überhaupt nicht die schlimmen Folgen, die sich aus ihrem Mangel an Verantwortung ergaben. Wollte sie einfach nur Profit aus uns schlagen? Dachte sie wirklich, dass die paar Dollar das wert sind? Was hat sie davon, für den Sonnenbrand einer Fünfjährigen verantwortlich zu sein? Was hat diese Gaunerin eigentlich im Kopf?

Liebe Landsleute, meint ihr nicht, ihr solltet dieser Gewissenlosigkeit gegenüber anderen Menschen ein Ende setzen?

Als der Karneval vorbei war, fuhren wir nach João Pessoa; die Fahrt dauerte zwei Stunden mit dem Bus. Die Touristeninformation wies uns auf eine supergute Unterkunft hin. Wir nahmen ein Taxi, das uns dorthin bringen sollte. Als der Fahrer hörte, dass Clara seltsam sprach, sagte er: „Wie seltsam, sie hat eine Sprache, die nur sie und Sie beide verstehen!"

„Ja, sie redet anders, und nur wir verstehen sie." Das sagte ich, da brasilianische Taxifahrer immer einen Aufschlag verlangen, sobald sie eine Fremdsprache hören. Der Mann nervte uns ein wenig, weil er sich uns als Fahrer andienen wollte. Wir sind die Art von Touristen, die sich gerne unter die Menschen mischen. Wir essen, was die Einheimischen essen: Reis und Bohnen, ohne dieses Mittelschichtgetue.

Es war prima! Wir spazierten durch die Stadt und fuhren zur Insel Areia Vermelha. Dann brachen wir nach Natal auf.

Manchmal ist die Touristeninformation in Brasilien nicht so gut. Wir wollten zu einer Pousada in Ponta Negra. Man sagte uns, dass alles voll sei, und wir landeten in einem Hotel in der Nähe der Innenstadt, das uns überhaupt nicht gefiel. Wunderbar war allerdings die Fahrt mit dem Buggy nach Genipabu.

Dann brachen wir nach Porto de Galinhas auf. Von Natal nach Recife nahmen wir einen Bus, dann zwei weitere nach Nossa Senhora do Ó, und von dort einen weiteren Kleinbus in den Ort. Wir wohnten in einem Apartment, in dem es so viele Moskitos gab, dass man die Wand nicht mehr sehen konnte. Es lag in der Nähe einer Lagune. Um zum Dorf zu gelangen, liefen wir etwa zwei Kilometer am Strand entlang. Auf dem Weg fragte der Göttergatte: „Dora, der Boden bewegt sich, was ist das?"

Der Strand war voll von Siri-Krabben. Die kleinen Tiere rannten weg und wir hinter ihnen her. Es gab Sandflöhe und Tatuís (kleine Sandkrebse), das bedeutete, dass es keine Umweltverschmutzung gab.

Porto de Galinhas zu verlassen und nach Maceió zu gelangen, war eine langwierige Angelegenheit. Zuerst nahmen wir einen Kleinbus, dann kam ein Herr in einem großen Wagen vorbei und sagte, er könne uns in Tamandaré rauslassen. Er habe noch Platz. Vorne saß eine dicke Dame, und hinten saßen ein Herr und eine andere Dame mit einem Kind. Wir stiegen ein: mein Göttergatte, ich, Clara kam auf den Schoß. Wir waren wie Sardinen in der Dose. Besonders unangenehm waren die Rechtskurven, denn die Dame mit dem Kind drückte ihr ganzes Gewicht auf uns.

Wir mussten lange auf den Bus in Tamandaré warten. Der war dann auch noch ein Bummelbus. So lernten wir alle Städte im Landesinneren von Pernambuco und Alagoas kennen. Ein Passagier stieg unterwegs aus und hätte fast unsere Tasche mitgenommen. Ich rannte schreiend hinaus: „Hören Sie mal, das ist meine Tasche!"

Dem Fahrer habe ich auch meine Meinung gesagt. Ich sagte ihm, dass ich mich bei der Firma beschweren würde.

Wir blieben nur zwei Tage in Maceió, da wir die Stadt bereits von unserer ersten Reise kannten. Das Problem waren Zeiten und Entfernungen. Wir hätten nicht gedacht, dass Brasilien so groß ist. Von Maceió aus fuhren wir nach Aracajú und dann nach Salvador. Wir besuchten die Stadt und sahen uns den Sklavenpranger an. Ich habe nie verstanden, warum sie ihn entfernt haben. Die offizielle Begründung ist, dass wir nicht an die Sklaverei erinnert werden sollen, aber ich denke, dass doch das Gegenteil der Fall sein sollte. So etwas muss stehen gelassen werden, damit es nie vergessen wird, so wie die Nazi-Konzentrationslager, die für das Verständnis der Geschichte wichtig sind.

Wir nahmen einen weiteren Bus nach Ilheus. Der Mann von der Touristeninformation schickte uns in ein 30 km von der Stadt entferntes Hotel. Der war wohl nicht ganz bei Sinnen! Es sollte schließlich nur für eine Nacht sein. Mitten auf der Fahrt ließ ich das Taxi anhalten und wir fuhren zurück. Da suchten wir selbst eine Herberge in der Nähe der Innenstadt, da wir am nächsten Tag unsere Reise nach Porto Seguro fortsetzen wollten.

Dort wurden wir an der Information dann in eine Pension geschickt, die ebenfalls mehr als 20 Kilometer von der Stadt entfernt lag. Wir fuhren mit dem Taxi zurück und fanden ein Hotel, das allerdings ein bisschen zu schickimicki für unseren Geschmack war. Am nächsten Tag zogen wir in das Gästehaus nebenan um. Das Komische daran war, dass das Gästehaus dem Rezeptionisten des Grandhotels gehörte, in dem wir übernachtet hatten.

Der Bürgermeister hatte sich anscheinend vorgenommen, die Stadt aufzupolieren, vielmehr hatte er sie umgraben lassen. Wir besuchten das Entdecker-Monument, d. h. den Stein, den die Portugiesen hinterlassen haben, und die erste Kirche, die im Land gebaut wurde. Drei monumentale Karavellen waren zum Gedenken an ‚500 Jahre Entdeckung Amerikas‘ gebaut worden.

Clara hatte einen Mordsspaß daran, in einem Kinderzug und kleinen Autos zu fahren, die die Kleinen selbst lenken konnten.

Wir fuhren nach Vitória. Eine Schande! Von „unserem" Strand aus konnte man auf der einen Seite den Hafen und auf der anderen eine Raffinerie sehen. Wo ist die schöne Natur in Brasilien geblieben? Ruiniert durch Fortschritt? Und das nennen sie dann Entwicklung?

Am nächsten Tag brachen wir nach Rio de Janeiro auf. Wir hatten etwa 2.500 Kilometer mit dem Bus zurückgelegt. Die Strände in Rio waren völlig verschmutzt, sodass wir uns ein Hotel mit Pool suchten. Ich rief meine Mutter an. Als meine ältere Tochter abnahm, sagte ich: „Hallo, Ana! Wie geht es dir? Was treibt Paulinho, dein Freund? Wo ist denn deine Großmutter?"

„Das ist jetzt meine Telefonnummer. Oma hat seit November eine andere."

„Das wusste ich gar nicht. Sei so gut und sag ihr Bescheid, dass wir hier in einem Hotel in Copacabana sind und dass wir am Mittwoch zurückfliegen. Morgen treffen wir uns." Es war ein Samstag im März. „Ich lege jetzt auf, weil ich deinen Großvater anrufen muss."

„Der hat jetzt auch eine andere Telefonnummer und Wohnung."

„Ach! Das ist mir neu."

Ich dachte: *Ich bin ja wie der gehörnte Ehemann, der immer alles als Letzter erfährt.*

„Wo wohnt er denn?"

„Im Viertel Botafogo. Dein Bruder ist auch hier in Brasilien."

„Na, dann gib mir mal seine Telefonnummer."

Wir legten auf und ich rief den alten Mann an. Seine Frau nahm den Anruf entgegen und sagte: „Was für eine Überraschung! Wolltet ihr nicht nach Japan?"

„Wollten wir, sind wir aber nicht. Meine Freundin meinte, wir sollten besser im August dorthin reisen. Es sei dort jetzt zu kalt. Also beschlossen wir, hierherzukommen."

„Wie lange bleibt ihr denn?""

„Am Mittwoch geht's zurück nach Deutschland."

„Dein Vater ist nicht da."

Ich meinte: „Wie immer."

„Vielleicht treffen wir uns am Sonntag."

Nach diesem albernen Hin und Her verabschiedeten wir uns und legten auf.

Mama rief an und hatte die gleichen Fragen parat. Sie lud uns ein, am nächsten Tag mit ihr, Ana und meinem Enkel zu Mittag zu essen. Ich bin nur darauf eingegangen, weil mein Göttergatte und Clara hinfahren wollten. Ich persönlich hätte es vorgezogen, im Restaurant zu essen. Ich wusste, dass mir der Abwasch blühte, und machte mir Sorgen, wie viel es uns wohl diesmal kosten würde. Dann rief mein Vater an und lud uns am Abend zu einem Imbiss ein. Am nächsten Tag hatten wir das volle Programm. Morgens gingen wir an den Pool und aßen bei Mama zu Mittag. Natürlich habe ich das Geschirr gespült, aber uns wurde nichts berechnet, ein Wunder!

Ana lud uns zu sich ein. Wir gingen hin. Sie lebt in einer sehr schönen Wohnung in der Nähe ihrer Großmutter und der U-Bahn und hat sogar eine eigene Garage. Mit allem Drum und Dran: im Wohnzimmer eine Kommode, ein Sofa, Fernseher, Stereoanlage, einen wackligen Tisch mit zwei Stühlen.

Im Zimmer meines Enkels, das bis zum Rand voll mit Spielzeug gefüllt ist, steht ein schönes Kinderbett. In ihrem Schlafzimmer stehen ein Doppelbett und ein Schrank, der für zwei reicht. Sie hat ein komplett ausgestattetes Badezimmer. In der Küche gibt es einen Kühlschrank, einen Herd und eine Mikrowelle. In der Putzkammer wäre Platz für eine Kirchenglocke; so eine, die stündlich läutet (Ana wohnte nämlich direkt neben einem Kirchturm). Im Badezimmer des Dienstmädchens steht eine Waschmaschine. Jetzt lebt sie gut, viel besser als früher beim Vater meines Enkels. Wir unterhielten uns ein wenig und fuhren zur Brotzeit in Papas Haus. Da es nur ein kleiner Imbiss war, fuhren wir hungrig ins Hotel zurück.

Ich war heilfroh, dass wir auf dem Markt gewesen waren und uns dort Obst, Kekse und Getränke gekauft hatten. So wurden wir drei Hungrige dann doch noch satt. Die ältere Tochter hatte sich freiwillig bereit erklärt, auf die jüngere Tochter aufzupassen. Mein Göttergatte und ich gingen um 18:30 Uhr zu einer Show in der Stadt. Als wir zurückkamen, um Clara abzuholen, brachten wir ein Geschenk für meinen Enkel und eine Schachtel Schokolade für die Babysitterin mit.

Wir luden sie alle am nächsten Tag zum Abendessen in ein Restaurant in der Nähe unserer Unterkunft ein. Wir gaben Ana 200 Dollar, um sich einen ordentlichen Tisch und Stühle zu kaufen. Zum Abendessen kamen sie fast alle: Mama, die Frau meines Vaters, mein Bruder, Ana und Paulinho. Papa ist nicht aufgekreuzt. Am nächsten Tag tauchte er mit seiner Frau am Pool auf. Wir gingen zusammen zum Mittagessen, und sie sahen zu, wie wir mit Mama mit dem Taxi zum Flughafen abfuhren. Natürlich ist meine Mutter nur deshalb zum Flughafen mitgefahren, um unseren Rest brasilianische Real einzusacken, wie üblich. Wir jedenfalls waren froh, nach Deutschland zurückzukehren: Die gute alte Familie eben.

„Mit Gott und der Welt in Frieden.“

20 Was ist eine gute Beziehung?

Ich habe schlecht über andere gesprochen, vor allem über meine Eltern und Ana. Was ist eigentlich wirklich eine gute Beziehung?

Ich, die studiert und mehrere Kurse in Psychologie belegt hat, denke, dass eine gute Beziehung dann gegeben ist, wenn man einen Menschen und alles, was man mit ihm tut, wirklich liebt oder mag. Wenn man in einem bestimmten Moment innehält und wieder und wieder nachdenkt: „Behandle ich ihn richtig oder falsch?"

Warum verletzen, verwunden, rivalisieren, beneiden, belügen, verspotten und verachten wir? Besonders die Kinder: Warum reden wir immer schlecht über sie und loben sie nie?

Ich habe die Erfahrung gemacht, dass positive Kritik uns vorwärtsbringt, während negative Kritik eine demotivierende und deprimierende Wirkung hat. Desinteresse kann sogar töten. Jahrelang hat mich all das, was meine Familie mir angetan hat, erstickt, und ich musste unbedingt alles loswerden. Es ging mir sehr schlecht, ich war immer krank. Auf der einen Seite war es gut, alles hinter mir zu lassen, aber auf der anderen Seite löste es das Problem nicht. Das Problem wird nur gelöst, wenn man es in sich selbst löst.

Ich habe immer nur alles geschluckt, was sie mir angetan haben. Es war kein Mangel an Mut, nein. Es ist nur so, dass ich die Art von Mensch bin, die alles für sich bewahrt und sich niemandem öffnet. Ich habe meine Beziehung zu ihnen in mir gelöst. Ich hoffe, dass ihre Beziehung zu mir bald wieder so herzlich wie möglich werden wird. Sie müssen mich ja nicht ständig anrufen, mir schreiben und schmeicheln. Was ich möchte, ist nur ein: „Hallo! Wie geht's dir?" – das, was wir den Nachbarn fragen, den wir im Aufzug treffen. Ich möchte sie nicht verärgern, ganz im Gegenteil.

Ana wünsche ich viel Glück, Freude, Erfolg in der Welt, neben einem guten Beruf oder zumindest einer guten Arbeit, und einen guten Ehemann, der sie und meinen Enkel liebt.

Für meine Mutter hoffe ich, dass sie gesund bleibt und den Rest ihres Lebens gut und problemlos leben kann.

Für meinen Vater wünsche ich mir, dass er eine eiserne Gesundheit hat. Die Batterie seiner kleinen Herzmaschine wird ihn noch viele Jahre leben lassen. Möge er ein besseres Verhältnis zu seiner Frau und zu anderen

Menschen, einschließlich mir, aufbauen.

Seiner Frau wünsche ich viel Frieden wie jemandem, der vieles erlebt hat, viele Probleme hatte und dennoch das Leben und die Menschen liebt.

Ich hoffe, dass sie mir keinen Ärger oder Theater machen, sondern dass sie mich genauso behandeln wie ein Arzt: mit großer Sorgfalt, Vorsicht und Diskretion.

Um die Wahrheit zu sagen, werde ich extrem nervös und ängstlich, wenn ich mit ihnen in Kontakt trete. Sie haben mich fast mein ganzes Leben lang zum Weinen gebracht. Sie haben mich mehrmals extrem deprimiert und unglücklich gemacht. Jetzt möchte ihnen nur noch dieses Lied vorsingen:

„Ich bin jetzt glücklich,

ich lebe jetzt in Frieden.

Verlass mich bitte,

weil ich eine neue Liebe habe

und dich nicht mehr will."

Autor: Jamelão 1963

21 Psychologie in Theorie und Praxis

Wenn Sigmund Freud wüsste, was hier auf der Welt vor sich geht, würde er sich im Grabe umdrehen. Seine Theorie wäre mit der sexuellen Revolution fast untergegangen.

Ich betrachte mich nicht als Psychologin, sondern als Beobachterin des Alltäglichen: Ich weiß, wie Platon, „dass ich nichts weiß." Ich betrachte mich nur als Geschichtenerzählerin. Ich bin nicht einmal mehr Lehrerin, sondern fühle mich als Analphabetin und dumm. Ich weiß nur, dass ich in Deutschland glücklich bin. Es tut mir leid, Ana – ich weiß, dass du alles tust, damit ich mich hier unglücklich fühle, aber es hat keinen Zweck! Ich habe mich hier gut angepasst – vielleicht, weil ich die gleichen Neurosen habe wie die Deutschen. Von meinem Vater habe ich die Zwangsneurose geerbt und von meiner Mutter die Hypochondrie. Die Neurose schlägt zu, schlimmer als Viren. Ein Loslassen der Neurose ist schwierig. Manchmal bleibt sie ein Leben lang.

Ich jedenfalls habe im Laufe meines Lebens einige Neurosen verloren und andere hinzugewonnen. Wenn ich mir die Theorien, die ich studiert habe, anschaue, denke ich: Anna Freud hat ihren ungelösten Elektrakomplex, das Gegenteil des Ödipuskomplexes, nicht abgelegt. Na ja, immerhin war die Gute sehr verliebt in ihren Papa (Freud)!

Piaget und seine Theorie der kindlichen Entwicklung sind ja schön und gut. Sicherlich sehr überzeugend, aber recht subjektiv. Die Kinder, die ich kenne, saßen, krabbelten und liefen jedenfalls früher als die seinen. Warum waren die nur solche Langweiler?

Die Theorie von Erich Fromm ist aus gesellschaftlicher Sicht sehr interessant. Gibt es in unserem Leben nur soziale Kontakte oder spielt auch das Vererbte eine Rolle?

Pavlov hatte recht mit dem Instinkt. Den haben wir alle. Kein Wunder, dass wir vom Affen abstammen. Wenn ich eine Glocke höre, läuft mir nicht das Wasser im Munde zusammen wie den Hunden bei Pavlovs berühmtem Experiment.

Dann wäre da noch Jung, aber seine Ideen sind komplex und voller Symbolik. Leben wir in einer Welt der Symbole? Vielleicht, ja.

Ich als Amerikanerin (na gut, Südamerikanerin) halte es eher mit Carl Rogers und seiner patientenzentrierten Theorie. Diese Theorie ist in meinen

Augen die simpelste und effizienteste. Da ist von der Identifikation des Patienten mit dem Therapeuten die Rede, der sich mit ihm anfreundet und ihn so zu heilen vermag. Wenn du Probleme hast und eine Vertrauensperson an der Hand, dann sind deine Probleme bereits zu fünfzig Prozent gelöst. Sagt das bloß nicht eurem Therapeuten, sonst gehen ihm die Patienten aus und er verarmt! Wenn man mal darüber nachdenkt. Ist es nicht das, was ein Priester auch bei der Beichte tut? Ach! Und man braucht auch keine Couch, die sind ja nicht gerade günstig. Meine Großmutter pflegte stets zu sagen: „Jeder von uns hat ein wenig von einem Künstler und einem Verrückten."

Ich glaube, die Welt wird sich eines Tages verändern. Sie wird aufhören, Entwicklung und Technologie als die Hauptsache anzusehen. Die Menschen werden dann im Mittelpunkt stehen. Ich bin eine Vertreterin der Renaissance, der Moderne und der Zukunft. Ich glaube, dass sich die Menschheit in ihrem Handeln mehr sich selbst zuwenden wird. Schließlich sind wir diejenigen, die über genügend Intelligenz und geistige Kapazität verfügen, warum sollten wir sie nicht in ihrer ganzen Breite nutzen? Ich glaube, dass der Mensch sich nach anderen Planeten umsehen wird, nicht etwa, um umzuziehen, weil er mit dem Klimawandel nicht zurechtkommt, sondern aus Neugier, Abenteuerlust und wissenschaftlichem Geist.

Wir stammen vom Affen ab, und die Evolution hat uns zu dem gemacht, was wir heute sind, aber es wird weiterhin eine allmähliche, langsame, vielleicht kaum wahrnehmbare Entwicklung geben, die Millionen und Abermillionen von Jahren dauern könnte. Ich weiß, dass wir eines Tages unsere ganze geistige Kraft einsetzen und die Unwägbarkeiten der Natur und des Klimas beherrschen werden.

Wir haben in uns das, was die Menschen einen Gott nennen.

Für mich ist es eine innere Kraft. Wir können andere Menschen und uns selbst aufbauen und zerstören. Eines Tages werden wir die Konflikte, die Kriege und die Unmenschlichkeit beenden. Wir werden ein vollständig integriertes Ganzes sein und uns auf das Gemeinwohl konzentrieren. Der tierische Instinkt wird manipuliert und kontrolliert. So werden wir wahrlich höhere Wesen.

22 Das Werk und die Autorin

Vielleicht können die Leute, die schreiben, verstehen, wie ich mich fühle: Es ist wie eine Sucht. Etwas, das aus dem Geist, dem Körper, der Seele kommt. Inspiration geschieht einfach, es gibt keine Zeit oder Sekunde. Sie kommt rufend, schreiend, springend heraus, und unsere Köpfe wollen einfach keine Ruhe geben. Es ist, als ob mich etwas Unkontrollierbares antreibt. Ich bin ein Schreib-Junkie. Worte kommen heraus, reimen sich oder verbinden sich, ohne dass ich auch nur den geringsten Versuch mache, sie hervorzubringen. Ein Gedicht, eine Erzählung, eine Geschichte oder einfach nur eine Kritik kommt zu Papier.

Ich bin kein Profi, ich weiß noch nicht mal, wie man einen Computer bedient. Doch alles, was ich sagen will, fließt. Es spricht für mich. Ich bin nicht direkt dafür verantwortlich. Vielmehr fühle ich mich wie ein Medium, das, von seinem Delirium mitgerissen, sich zufällig löst, ungebremst niederschreibt und druckt.

Ich bin sicher, dass meine Hände auf der Tastatur von meinen Gedanken gelenkt werden. Sie schaffen eine andere Art von Musik, die ich nicht spielen kann. Es ist kein Klavier, ich bin kein Komponist, sondern lediglich eine Beobachterin des täglichen Lebens.

Aus diesem Ausbruch der Gedanken, die wir aussprechen können, entstehen die Bilder, die Szenen, die Dialoge, die nur eine Ausdrucksform sind. Die Gefühle auszudrücken, der Fantasie freien Lauf zu lassen, bedeutet, die Möglichkeit zu haben, ein Werk zu kreieren, in welcher Form auch immer.

So verbringe ich meine Tage. Morgens schreibe ich auf, was mir passiert ist, abends sitze ich allein im Licht eines Lampenschirms und lasse mich von meinen Instinkten beflügeln.

Die Dichterin, die im Alter von zehn Jahren geboren wurde, gibt es immer noch, sie ist keineswegs gestorben. Sie wurde erwachsen, wurde reifer, und heute schreibt sie kurze Chroniken von sich selbst und anderen Menschen. Wahrheiten oder Lügen von einer Person, die die Kunst des Schaffens liebt, seien es Tatsachen oder bloße Fantasie.

Von mir selbst erhoffe ich mir nur, dass ich das, worum sich meine Ideen drehen, freisetzen kann, um ruhig schlafen zu können.

Ob ich gut bin oder nicht, wird erst die Zeit zeigen! Ich bin Nichts. Ich sage einfach, was mich stört, mache meine Katharsis und meditiere darüber, was ich tun könnte. In diesem Gewirr von Gedanken schaffe, gebäre ich und wandere durch die Tiefen meines Bewusstseins.

Ich bin die Autorin, aber die Arbeit macht sich von selbst und entsteht zufällig aus meinem unkontrollierbaren Geist.

Ich wurde geboren, ich werde sterben; da bin ich mir sicher. Die Schriften werden bleiben, ob sie nun bekannt werden oder nicht. Mein Schaffen, ewig und unbekannt, bis es jemand entdeckt und enthüllt. So werde ich nicht sterben, ich werde in jedem Brief, in jedem Wort, in jedem Satz, in jedem Absatz präsent sein. Es gehört mir, ich bin darin. Wie in einer Symbiose verlieren wir uns ineinander. Ich sterbe, sie leben. Ich lebe in ihnen und sterbe nicht.

23 Motorradreise nach Portugal

Unsere Motorradreise nach Portugal war günstig. Wir sind in München gestartet und nach Freiburg gefahren. Dort nahmen wir uns ein kleines Hotel, spazierten durch die Stadt und gingen nach dem Essen schlafen, weil wir eine lange Reise vor uns hatten.

Mit dem Motorrad konnten wir nicht mehr als 600 Kilometer pro Tag fahren. Wir mussten ständig zum Tanken anhalten, weil der Tank so klein war. Das ist allerdings auch gut so, denn das hält sonst kein Hintern aus. Es war sehr schwierig, in Frankreich eine anständige Unterkunft zu bekommen. Die Hotels dort sind nicht besonders gut, die Preise dafür aber sehr hoch. Nach mehr als einer Stunde Suchen fanden wir eines, das einen Stern hatte, aber nach einem kleinen Umbau sollte es zwei bekommen.

Da unser Französisch eher schlecht als recht ist, hatte eine Freundin uns einen Zettel geschrieben: Je voudrais une chambre pour deux, s'il-vous-plaît (ich hätte gerne ein Zimmer für zwei Personen, bitte). Der Rezeptionist zeigte uns ein sehr schönes, aber teures Zimmer.

Da musste wieder ein Zettelchen herhalten: La moins chère, s.v.p. (das günstigste, bitte). Wir gingen hinauf bis in den Dachboden, und da fand sich eines mit WC und Waschbecken. Die Dusche war auf dem Gang. Das Zimmer nahmen wir.

Wir fragten, wo wir das Motorrad abstellen könnten, und sie brachten uns in die Garage, die eher ein Schuppen war. Es störte uns wenig, dass sich allerhand Ungeziefer auf unserem alten Motorrad niederließ – vielleicht würde es auf diese Weise viel besser bewacht. Wir duschten und gingen zum Abendessen. Da es so heiß war, ließen wir das Fenster sperrangelweit offen. Als wir zurückkamen, war das ganze Zimmer voller Stechmücken, da sich unter dem Fenster eine Leuchtreklame befand. Der Göttergatte rief die Rezeption an und bat um ein Spray, um den Eindringlingen den Garaus zu machen. Man brachte uns eins, und er versprühte davon so viel im Zimmer, dass der Geruch unerträglich wurde. Wir wären wohl eher an dem Insektizid eingegangen als an den Moskitos. Wir warteten in Pyjamas auf dem Flur und schliefen letzten Endes mit offener Tür.

Als wir am dritten Tag auf der Autobahn unterwegs waren, entdeckten wir in der Ferne eine Anhöhe mit einem Schloss und beschlossen, uns das aus der Nähe anzusehen. Es war Carcassonne, eine schöne mittelalterliche Stadt mit einem veritablen Ritterturnier mit Schwert und Rüstung.

Wir schliefen in dieser Nacht in der Campagne in einem Landhotel.

Am nächsten Tag fuhren wir nach Lourdes. Von dort sind wir dann nach Spanien aufgebrochen. Wir durchquerten die Pyrenäen und kamen in San Sebastián an. Jetzt weiß ich, warum Rio de Janeiro ursprünglich San Sebastián do Rio de Janeiro hieß. Die beiden Städte sind sich sehr ähnlich. Wir fanden ein Zimmer in einer Jugendherberge. In San Sebastián haben wir die frischesten Garnelen unseres Lebens gegessen. Wir machten einen Spaziergang durch die Stadt, und vor uns lag noch eine ganze Menge Asphalt.

Die Nordküste Spaniens bietet mehr Regen und Kälte als Sonne. Wir versuchten, an der Küste entlangzufahren, aber es gab keine passenden Straßen, und das Wetter half uns auch nicht. Wir kamen schließlich in Santiago de Compostela an. Eine wunderbare Barockarchitektur mit der berühmten Kathedrale. Eine Dame, die Studentenzimmer vermietete, gab uns ein Zimmer. Sie begann, für uns zu beten, als sie hörte, dass wir mit dem Motorrad aus Deutschland gekommen waren.

Der Einzug in Portugal war triumphal: Wir kamen in Caminha an, und der Göttergatte war begeistert von der Schönheit der portugiesischen Häuser und Städte.

Wir blieben drei Tage lang in der Stadt meines Großvaters, Viana do Castelo, dort war gerade di Romaria de Nostra Senhora D'Agonia, ein Volksfest: Wir aßen Brot mit Chorizo und Sardinen, tranken Vinho Verde, fuhren Karussell und sahen die größte Frau der Welt.

Nachdem wir alles gesehen hatten, fuhren wir zum Rathaus, wo wir versuchten, einen Nachkommen meines Großvaters mütterlicherseits zu finden, und anschließend an den Strand von Amorosa. Der Wind und das Wasser waren so kalt, dass wir uns schließlich in die Motorradkluft warfen. Wir besuchten Barcelos, die Kathedrale von Braga, Bom Jesus do Monte, die wie die Kirche von Congonhas do Campo in Brasilien aussieht, mit ihren Skulpturen von Aleijadinho. In Guimarães hatten die Portugiesen das Schloss vom Palast getrennt, um es gegen die Feinde verteidigen zu können – ganz schön kompliziert, oder? In Porto übernachteten wir im romantischsten Hotel, in dem wir je genächtigt haben. Das Zimmer war auf dem Dachboden, wir mussten mehr als drei Stockwerke die Treppe hinaufsteigen, der Raum war der oberste Raum des Gebäudes. Es hatte kein Bad, keinen Komfort, nur ein Doppelbett und ein Fenster direkt darüber, das den Himmel zeigte. In dieser Nacht liebten wir uns im Mondlicht. Es war ein heißer August, die Sonne hatte ihre Wärme auf den Dachziegeln hinterlassen, unsere verschwitzten Körper küssten, streichelten, berührten, vermischten sich. Wir erzeugten rhythmische Klänge, Keuchen, inbrünstiges Stöhnen, Worte, die aus Liebe, Leidenschaft und Wärme getränkten Seelen kamen.

Ich zitterte in der Ekstase des Vergnügens, er begleitete mich. Er berührte meine Brüste, er streichelte mich in meiner tiefsten Intimität, und ich geriet ins Delirium. Das Mondlicht beleuchtete, zeichnete und akzentuierte zwei vereinte Körper. Er trank aus meinem Mund, und aus meiner Gebärmutter kam der Orgasmus. Wir waren zwei Trugbilder, die in einer Welt von Küssen, Streicheln und Stöhnen umherirrten.

Dieser Akt der Liebe war endlos, bis heute behalte ich ihn in mir. Als ob für einen Augenblick nur wir beide existierten, das Licht des Mondes und der Sterne in der Unendlichkeit. Dieser Augenblick endete nicht, er blieb in uns, als Teil unseres Wesens, es war unsere Intimität, die vom Universum aus betrachtet wurde.

Heute würde ich gerne in diesen kleinen Raum zurückkehren und dem Mond und den Sternen gestehen, dass wir uns dort mit Leidenschaft und Sehnsucht gegenseitig erkannten und zueinanderfanden.

Mehr als zehn Jahre sind seitdem vergangen, und diese Freude hat sich in mich und ihn eingeprägt, wie Narben, die das Licht des Firmaments hinterlassen hat. Es war kein Traum, sondern eine Realität.

Falls ihr eines Tages auch die Möglichkeit haben solltet, in diesem kleinen Hotel haltzumachen, werdet ihr wissen, was es bedeutet, die Sterne als Zeugen einer Liebesnacht zu haben. Bin ich nicht eine hoffnungslose Romantikerin?

Am nächsten Tag lernten wir die Stadt kennen und beschlossen, eine Portweinfabrik zu besuchen, um herauszufinden, wie er hergestellt wurde. Am Ende boten sie uns eine Kostprobe an. Da wir zum Frühstück nur eine Tasse Kaffee getrunken hatten, waren wir nach dem Weingenuss komplett beschwipst.

Wir besuchten das Schloss von Santa Maria da Feira und den Park von Burçaco. Weil wir durstig waren, kauften wir uns Wasser in einer Bar. Sie wollten uns einen halben Liter für 100 Escudos und einen Liter für 50 Escudos verkaufen. Das war wohl portugiesische Mathematik – wir kauften natürlich die günstigere und größere Variante.

Wir fuhren nach Coimbra und zu den Ruinen von Conimbriga, dann nach Fátima und Tomar. Die Fahrt zum Schloss Almourol war schön. Dort gab es einen Herrn mit einem Ruderboot, der uns mitnahm, und als wir zurückwollten, mussten wir ihm von der Burg aus nur zurufen.

In Sintra besuchten wir alle Schlösser, Mouros, Pena, die Quinta de Monserrate, das Kapuzinerkloster, den Queluz-Palast, die Kirche von Mafra, das Cabo da Roca und die Boca do Inferno. Die Pension in Lissabon war nett, und wir bekamen sogar eine Garage, um das Motorrad unterzustellen. Wir fuhren zum Turm von Belém, zum Seefahrerdenkmal, zum Kloster der Jerônimos, zur Christus-Statue und zur Festung von São Jorge. Im Gewächshaus wollte ein Typ meinem Göttergatten einige besondere Zigaretten verkaufen, weil er Bikerkleidung trug. Ich sagte zu dem Jungen: „Er raucht nicht, er raucht noch nicht mal *normale* Zigaretten, komm schon!" Und der Typ verschwand. In Rocio vergaß der Göttergatte unseren Schlüssel im Zimmer, und da wir nach Alfama fuhren und spät zurückkamen, war die Garage schon geschlossen. Darum baten wir kurzerhand einen Polizisten, der vor dem Präsidium Wache stand, einen Blick auf das Motorrad zu haben, das auf dem Parkplatz der Polizei stand. Mehr Sicherheit hätten wir natürlich nicht bekommen können, und es ist nichts passiert.

Am nächsten Tag fuhren wir an die Algarve und wohnten in Carvoeiro in einem Zimmer einer Privatwohnung. Wir gingen an den Strand und kauften ein Huhn mit Piripiri-Soße. Ein paar Deutsche zogen in den anderen Raum ein, und sie hatten Angst, weil wir wie die Kannibalen alles mit den Händen verschlangen. Wir hatten schließlich nicht nur Hunger, sondern auch kein Besteck. Wir besuchten Sines, die maurische Burg und Kap São Vincente. Da wir nun fast alles in Portugal gesehen hatten, war es an der Zeit, auf die andere Seite der Iberischen Halbinsel zurückzukehren. Wir reisten nach Spanien: Sevilla, Granada (wir besuchten die Alhambra – fantastisch, lasst euch das bloß nicht entgehen!), Campelo, Figueiras (wir sahen das Dalí-Museum, sensationell). Schließlich landeten wir im französischen Vienne und fuhren von dort aus nach Deutschland zurück. Es waren achtundzwanzig Tage voller Abenteuer und Spaß. Es hat sich gelohnt!

24 Die besonderen Freunde

Nun möchte ich euch einige Anekdoten von meinen ganz besonderen Freunden hier in Deutschland erzählen.

Nun, die erste Geschichte handelt von einem sehr netten Paar. Sie heißt Papo und ist Spanierin, klein, hellhäutig mit braunen Augen und Haaren. Ihr Ehemann, Martin, Deutscher, nicht sonderlich groß, dünn und rauschebärtig, eine rechte Nervensäge, ist ein sehr netter Typ. Beide lebten etwa fünf Jahre lang in Rio de Janeiro, und man kann sagen, dass sie im Herzen Brasilianer sind. Kaum in Rio angekommen zogen sie in ein Haus im Süden der Stadt. Nur mit der Sprache hakte es noch hier und da. Eines schönen Tages, am Morgen, traf Papo einen Nachbarn im Aufzug, der fragte: „Wie geht es Ihnen?"

„Nicht so gut", antwortete sie.

„Sie sehen müde oder krank aus!"

„Nein, ich bin nicht krank, aber müde bin ich tatsächlich. Ich wollte eine Siesta machen, aber es geht einfach nicht. Wir haben schrecklich viele Tauben auf dem Balkon, und Martin wacht vom ,Vögeln' ständig auf. Wir machen kein Auge zu."

„Na ja, mit dem Vögeln ist das so eine Sache … Wer kann da schon ruhig schlafen?"

Der Aufzug kam im Erdgeschoss an und beide verabschiedeten sich.

Auch in der zweiten Geschichte geht es um die beiden. Sie lieben internationale Küche. Einmal aßen sie bei Freunden einen Bohneneintopf, der ihnen sehr gut geschmeckt hat, und sie baten um das Rezept und beschlossen, das Gericht zu Hause nachzukochen. Papo kaufte alle notwendigen Zutaten und begann eines Samstagmorgens mit dem Kochen. Gegen Mittag fragte Martin: „Ist denn der Eintopf noch nicht fertig? Ich bin sehr hungrig."

„Noch nicht", erwiderte Papo.

„Aber du kochst jetzt schon über drei Stunden rum!"

„Ja, er kocht jetzt schon seit dreieinhalb Stunden, ist aber leider immer noch nicht fertig."

„Hast du denn alles nach Rezept gemacht?"

„Ja, habe ich, aber der Geschmack und der Geruch sind ganz anders als von den Bohnen, die wir bei unseren Freunden gegessen haben."

„Lass mal sehen."

„Probierst du mal? Was meinst du?"

„Pfui! Das ist ja grauenhaft!"

„Ich bin aber sicher, dass ich alles richtig gemacht habe. Ich habe die Hälfte von dieser Packung, das Trockenfleisch und das gebrühte Schweinefleisch hineingetan. Das Fleisch ist ja schon gekocht, aber die Bohnen sind immer noch steinhart."

„Papo, das sind doch keine Bohnen, das sind Erdnüsse! Komm, wir gehen essen."

25 Eine gute Reise nach Brasilien

Vielleicht glauben Sie es nicht, aber dies war unsere beste Reise nach Brasilien. Ich beschloss, dass ich meine Familie genauso ignorieren würde, wie sie mich ignoriert, und dass wir sie nicht besuchen würden. So konnten sie mir auch mein Geld nicht abnehmen. Wir wollten in den Nordosten reisen, von Pernambuco nach Piauí.

Als meine Mutter hörte, dass wir reisen wollten, meinte sie, dass sie uns treffen und meinen Enkel mitnehmen würde, sodass ich den Jungen sehen konnte. Mein Vater rief ebenfalls an und sagte, dass er seinen Siebzigsten mit uns verbringen wolle. Nur zwei Wochen vor der Reise rief mich Mama noch einmal an: „Ich bin pleite, ich habe viele Ausgaben, und die Tickets sind wirklich teuer. Ich kann euch nur treffen, wenn ihr unsere Flugtickets bezahlt."

Das fand ich merkwürdig, denn sie war zweimal mit dem Flugzeug nach Brasilia geflogen, und zwar auf eigene Rechnung: einmal zur Feier meines Onkels, der vom Oberst zum General ernannt worden war, und das andere Mal zur Hochzeit meiner Cousine. Warum sollte ich also dafür bezahlen, dass sie mich sehen konnte? Ich beschloss, nichts zu bezahlen – ich hatte immerhin für unsere Flugtickets aus Deutschland bezahlt, und die waren erst recht nicht günstig gewesen. Sicherlich war es deswegen der beste Urlaub, den wir je in Brasilien verbracht hatten, ganz ohne Probleme und Gezeter.

Wir reisten von hier nach Lissabon und von dort nach Recife. Wir kamen im Dunkeln an. Leider fand in der Stadt ein Tourismuskongress statt und alle Hotels, Pensionen und Gasthäuser waren ausgebucht. Wir landeten in einem ganz schrecklichen Hotel mit einer dieser Klimaanlagen, die einen solchen Krach machen, dass man halb taub wird.

Deutschland ist ein stilles Land, hier schreit niemand irgendjemanden an, nur ich meinen Chef, um einen freien Tag zu erhalten oder am Feiertag freizubekommen. Wir sind es gewohnt, in der größten Stille der Welt zu schlafen. Und noch etwas: Wenn es hier so viele Moskitos gäbe wie in Jericoacoara, dann würden die hier glatt erfrieren. Man könnte zumindest den Lärm ihres Summens hören oder sogar das Schlagen ihrer Flügel.

Das Schlimmste war jedoch nicht der Lärm unserer Klimaanlage, sondern das Theater der Nachbarn, das Geschrei der anderen Gäste und das ständige Türenknallen. Ich sagte zum Göttergatten: „Besser schalten wir die

Klimaanlage ein, dann hören wir den Lärm von draußen nicht so." Er hielt das für absurd, aber für mich war es eine gute Lösung.

Der Wechsel der Zeitzone bringt mich immer ziemlich aus dem Rhythmus. So auch dieses Mal. Ich wachte auf und schaute auf meine Uhr: 7 Uhr. So stand ich auf, wusch mir das Gesicht, frisierte mich und zog mich an. Es war alles dunkel, aber die Fenster in unserem Zimmer führten in den Flur. Ich kam an einem Fenster vorbei, sah, dass die Sonne nicht schien, und dachte, es sei hier wie in München, dass man aufsteht und immer noch Sterne und den Mond am Himmel sieht. Ich ging hinunter und bat Frau Jussara, die an der Eingangstür stand, die Mutter meiner Freundin anzurufen, da ich ihr ein Paket mitgebracht hatte. Frau Jussara war verwirrt: „Was? Jetzt wollen Sie da noch anrufen?"

Ich gab zurück: „Es ist noch früh, aber die müssten schon auf sein."

Sie bestand darauf: „Es ist zu spät, ich kann um diese Zeit unmöglich anrufen!"

„Also bei mir ist es schon sieben Uhr."

„Dann ist Ihre Uhr kaputt, es ist nämlich erst drei."

Ich entschuldigte mich und ging zurück auf mein Zimmer, um zu versuchen, wieder zu schlafen – insofern die Nachbarn das zuließen. Um halb sieben waren wir dann schon beim Frühstück. Natürlich waren wir die Ersten. Das Frühstück in Brasilien ist wirklich spektakulär, mit lauter verschiedenen Früchten und Säften. Wir aßen so viel, dass wir erst um vier Uhr nachmittags zu Mittag aßen.

Ich versuchte herauszufinden, wo es einen Supermarkt und ein Postamt gab: Ich wollte zwei Schachteln kaufen, um Kleidung, Spielzeug und Geschenke für meine Mutter, meine Tochter und meinen Enkel zu verschicken. Eine weitere Schachtel sollte für das Geburtstagsgeschenk für meinen Vater sein, ein Hemd mit einer Glückwunschkarte. Wir brauchten etwa drei Stunden, um zu packen und zwischen Supermarkt und Postamt hin und her zu gehen.

Nachdem alles erledigt war, brachen wir auf, um das Schöne im Leben zu genießen: die Ferien. Wir gingen natürlich an den Strand und waren dieses Mal auch nicht allzu weiß, denn in Deutschland hatten wir bereit ein wenig Sonne abbekommen. Der Kleinen kauften wir einen Drachen. Wir tranken Kokosnusswasser und genossen die starke Sonne – dazu brauchte man eine gute Sonnencreme, in Brasilien immer mit dem stärksten Lichtschutz-faktor (zum Beispiel 50), die anderen sind zu schwach und wir würden wie gebratene Garnelen aussehen.

Clara spielte mit zwei Kindern, die sie am Strand kennengelernt hatte. Sie waren begeistert von dem Spielzeug, das sie mitgebracht hatte, und pro-bierten alles aus: die Taucherbrille, den Ball zum Spielen im Wasser, die Frisbeescheibe und so weiter.

Am nächsten Tag fuhren wir mit dem Bus in die Stadt João Pessoa. Wir waren begeistert von der ruhigen Stadt und dem wunderbaren Meer und blieben drei Tage dort. Wir haben alles sehr genossen: Picãozinho, Praia da Areia Vermelha, den Sonnenuntergang am Praia do Jacaré zum Klang von Ravels Bolero, gespielt von einem guten Geiger und begleitet von ei-nem guten Caipirinha und leckerem gebratenem Fisch.

Wir besuchten Ponta Seixas, wo ich auf die grandiose Idee kam, zu angeln. Wir waren kaum angekommen und mein Göttergatte hatte sich noch nicht einmal in den Sand gesetzt, da warf ich bereits die Angel aus. Es kam, wie es kommen musste: Da der Wind heftig blies, hatte ich am Ende nicht einen Fisch am Haken, sondern mein eigenes Bein. Wir bekamen den Angelha-ken nicht mehr raus, ohne mir das ganze Bein aufzureißen – kurzum: Ich brauchte einen Arzt. Zuerst gingen wir ins Ärztehaus des Ortes, aber sie hatten weder eine Betäubung noch eine Zange, um den Haken zu entfer-nen, sodass wir schließlich per Anhalter in das nächste Krankenhaus fuh-ren. Eine Zange schien es in dem Krankenhaus zwar auch nicht zu geben, aber der Arzt war clever, gab mir eine Anästhesie und zog den Haken von der anderen Seite heraus. Ich hatte nur zwei kleine Löcher im Bein, es ging ratzfatz. Eine Woche später war das Bein völlig verheilt.

Unsere nächste Station war Natal. Wir besuchten das Fort der drei Könige, machten im Buggy eine Tour in den Dünen von Genipabu, fuhren zum Strand Praia do Careca und besichtigten den größten Cashewbaum der Welt. Von dort aus war es nicht ganz einfach, nach Tibau zu gelangen. Zunächst fuhren wir mit dem Bus nach Mossoró und von dort aus, nach langem Warten, mit einem Kleinbus weiter. In der Stadt gab es nur zwei Unterkünfte, wir hatten Glück und bekamen ein Zimmer in der besseren. Der Raum war einfach gehalten, aber sauber. Das Problem war, dass es nachts kalt wurde, weil die Fenster keine Scheiben hatten. Einen Ventilator oder eine Klimaanlage brauchten wir nicht. Als wir Karten spielen wollten, war das ein Problem, da der Wind im Zimmer so stark war, dass die Karten immer davonflogen.

Die Angestellten in der Unterkunft waren sehr nett. Clara spielte mit einem Kind einer anderen Familie, die ebenfalls dort wohnte. Essen mussten wir auch dort, weil es kein anderes Restaurant in der Stadt gab. Der Hotelchef fragte uns, was wir essen wollten, und als er uns schließlich das Essen serviert hatte, setzte er sich einfach zu uns an den Tisch und unterhielt sich mit uns. Wir lernten dort auch einen Brasilianer kennen, der in Stuttgart aufgewachsen war, weil seine Mutter Deutsche war.

Von Tibau aus nahmen wir den Bus und kamen einige Stunden später in Canoa Quebrada an. Wir blieben dort ein paar Tage und reisten dann in Richtung Fortaleza ab. Dort besuchten wir das Theater José de Alencar und kauften Fahrkarten nach Jericoacoara.

Diese Reise war ein Abenteuer. Nach sechs Stunden Asphalt kamen wir in einer kleinen Stadt an. Dort nahmen wir ein Geländefahrzeug, das durch die Dünen fuhr, komplett irre, rauf, runter, weit und breit nur Sand, Vieh und Natur pur. Der Empfang in Jericoacoara war die reinste Heuschreckenflut im Maisfeld, alle Besitzer von Hotels und Pensionen der Stadt erwarteten die Touristen. Es waren gut und gerne fünfmal so viele Besitzer wie Gäste.

Ich schrie: „Lasst mich in Frieden, ihr Nervensägen! Ich hasse es, wenn sich alle auf mich stürzen. Ich entscheide selbst, wo ich wohne. Wenn es mir gefällt, bleibe ich!" Schließlich wohnten wir in einem Fischerbungalow außerhalb der Stadt, hinter der Düne des Sonnenuntergangs. Es war dort nicht sehr komfortabel, aber der Besitzer trieb für uns immerhin einen Kühlschrank und ein Frühstück auf. Die Moskitos waren schlimm, aber immerhin gab es einen Balkon mit zwei Hängematten und man konnte den Sternenhimmel sehen. Es gab viele ausländische Touristen. Wir blieben einige Tage und besuchten Pedra Furada.

Wir wollten nach Mundaú – die reinste Odyssee. Auf dem Rückweg stiegen wir in Itapipoca aus, gegenüber einer Fernfahrerunterkunft (einfach und sauber), der Besitzer ließ Clara auf dem Motorrad zum Hotel bringen und wir gingen hinterher und trugen die Koffer. Zum Abendessen gab es eine leckere Wurst, und beim Frühstück saßen wir an einem Tisch mit einem weißen Tischtuch, das allerdings schwarz war vor lauter Fliegen.

Nachdem wir einen Kleinbus nach Croata und ein Taxi zum Busbahnhof in Caucaia genommen hatten, gelang es uns, einen Bus nach Mundaú zu finden. Unsere Unterkunft dort lag am Ende der Stadt, in der Nähe der Dünen. Sie war recht gut, mit Pool und gutem Essen. Die Stadt selbst war leer, wir waren die einzigen Touristen. Wir waren gezwungen, im Hotel zu essen, denn etwas anderes gab es nicht. Wir wollten Schinken kaufen, aber in der

Bäckerei gab es erst welchen, wenn der Bus aus Fortaleza ihn mitbrachte, und so aßen wir am Ende Pizza in einem barähnlichen Haus. Um ehrlich zu sein: Das Essen war gar nicht so schlecht.

Die Rückfahrt von dort nach Fortaleza war ein Mordstheater. In der nächsten Stadt, einen Kilometer entfernt, fuhr ein Bus, aber leider war die Straße nicht befahrbar, da sie von den Dünen überdeckt wurde. Also reisten wir vom Hotel in einem Karren ab, der von einem Esel gezogen wurde. Am höchsten Punkt der Düne schaffte der Esel es dann nicht mehr und wir mussten abspringen und schieben.

Schließlich erreichten wir den Bus nach Fortaleza. Von dort nahmen wir ein Flugzeug nach Recife, und kehrten ohne Probleme und glücklich nach Hause zurück.

26 Die Krise

Heute hört man allenthalben über Krisen: die Wirtschaftskrise, die Arbeitslosigkeitskrise ... Ich habe auch eine Krise. Die schlimmste und schrecklichste von allen: die Hormonkrise.

Ihr könnt euch das gar nicht vorstellen. Manchmal wünschte ich, ich könnte aus mir heraus, irgendwohin. In diesem Körper bleiben zu müssen, der sich in einer Krise befindet, treibt mich auch psychisch in die Krise. Die Wechseljahre in Kombination mit meiner Schilddrüsenunterfunktion ist wahrlich kein Zuckerschlecken. Man kreist irgendwo durch den Orbit, auch wenn man hier auf der Erde lebt. Leider können auch die Ärzte nicht helfen. Man geht zum Endokrinologen, der sagt, man müsse zum Gynäkologen gehen, der wiederum sagt, es sei ein endokrinologisches Problem und man müsse zu einem anderen Spezialisten gehen, und so verwandelt man sich in einen kleinen Tischtennisball, der von einer Seite zur anderen springt.

Neulich schaute ich ein Porträt von mir an. An meinem Gesichtsausdruck konnte ich ablesen, wie tief unten ich schon im Brunnen war. Und doch habe ich es geschafft, mich bis heute durchzuschlagen – ich bin hier, atme und versuche zu überleben. Es war extrem hart, ich verlor den Kontakt zu mir selbst und fing an, nur noch in der äußeren Welt zu leben. Und meine innere Welt, wo ist die geblieben? Ich glaube, sie hat mich vermisst, ich habe sie vermisst – ich weiß nur, dass ich sie in einem bestimmten Moment wiederentdeckt habe, überglücklich, mein verlorenes Ich wiederzusehen.

Außerhalb seiner selbst zu leben, ist sehr merkwürdig, es fehlt etwas. Der Kopf denkt, aber er führt keinen Dialog und plant mit einem selbst nicht einmal die Banalitäten des Alltags. Man lebt so vor sich hin und erledigt alles wie ein Roboter. Ich glaube, bei mir lief das einen oder zwei Monate so, aber so etwas führt unweigerlich in eine tiefe Depression. Man will nichts unternehmen, man ist zu nichts in der Stimmung, man kümmert sich um nichts, und nichts ist lustig. Alles ist eintönig, uninteressant, gleichförmig, langweilig und fad.

Ich habe bereits verschiedene Experimente mit meinem Körper gemacht (mein Göttergatte hält mich für wahnsinnig, aber es ist schließlich *mein* Körper). Wenn diese verrückten Ärzte mich zu einer Laborratte machen, warum kann ich das nicht mit mir selbst machen? Und meinem eigenen Körper gegenüber habe ich sowohl Rechte als auch Pflichten. Oder etwa nicht?

Eine Weile nahm ich das täglich verordnete, gesegnete Schilddrüsenhormon einfach nicht ein. Dieses Gefühl war so schrecklich, alles wurde angegriffen: der Magen, die Verdauung, ich hatte Blähungen. Wenn ich nur ein wenig aß, hatte ich das Gefühl, ich hätte einen Elefanten gegessen. Ich lief außerdem ziemlich verwirrt durch die Gegend. Und dann diese endlose Mattheit. Aber kaum ging ich zu Bett, war die Müdigkeit dahin. Die Schlaflosigkeit gab mir den Rest.

Ich habe versucht, abzunehmen, ich hatte ständig Hunger und kein Pfund weniger auf der Waage, meine Haut war trocken wie die Wüste des brasilianischen Nordostens, und meine Haare fielen so stark aus, dass ich nur deshalb keine Glatze bekam, weil ich Haare wie ein Hippie habe.

Schlimmer noch waren die Reizbarkeit und die Konzentrationsschwäche. Ich kann schon mal sauer sein, aber zu jener Zeit war ich auf alles und jeden wütend (bereits beim Aufwachen war ich sauer wie eine Zitrone).

Dinge zu verändern, ist für mich ganz normal, aber damals befand ich mich in einem Zustand, in dem einfach nichts mehr funktionierte. Ein Beispiel: Wenn ich die Küche verließ, um einen Teller aus dem Wohnzimmerschrank zu holen, der nur fünf Schritte entfernt ist, hatte ich nach der Hälfte schon vergessen, was ich eigentlich holen wollte.

Ich hatte Schmerzen in den Knochen und Muskeln, obwohl ich mehrere Injektionen, viele Massagen und Physiotherapie bekommen hatte – all das half nicht. Ich beschloss, meinen Körper zu trainieren, und ging ins Fitnessstudio. Es wurde zwar viel besser, aber mein Körper war einfach nicht mehr so wie früher.

Wie dem auch sei. Das Beste, was ich tun konnte, war, wieder Thyroxin und Östrogene einzunehmen (das hat mir ein Arzt klargemacht). Eigentlich wollte ich das immer vermeiden, weil ich weiß, dass es sehr gefährlich ist, da es nachweislich Brustkrebs verursacht. Leider geriet ich bei Einnahme des Hormons (nur das für die Schilddrüse) wieder in eine Krise. Mir ist unklar, ob dieses Problem aufgrund des Mangels an Sonne und Östrogen wieder aufgetreten ist. Denn hier in Deutschland verschlechtert der Mangel an der guten alten Sternenkönigin, der Sonne, die natürliche Hormonproduktion erheblich.

Was nun? Zu den Ärzten gehen, um wieder zum Tischtennisball zu werden und die notwendigen Hormone einzunehmen?

Ich bin aufgrund dieses Gesundheitsproblems zu einer regelrechten Asketin mutiert. Ich trinke nicht, ich rauche nicht, ich treibe mindestens fünf Tage pro Woche Gymnastik und nehme kein Koffein zu mir. Doch die Krise kam, sie wurde zwar besser, aber ging nie ganz weg. Ich beschloss sogar, ins Solarium zu gehen. Die ersten Male konnte ich tatsächlich besser schlafen, aber ich hatte schon einen kleinen Sonnenbrand, und mein Gesäß sah aus wie ein Pavian-Po, weil ich das Sonnenbaden nicht mehr gewohnt war. Also mit Sonnencreme ab ins Solarium. Geht's noch?!

27 Wer bin ich?

Es ist gar nicht so leicht, über mich selbst zu sprechen. Wer bin ich eigentlich? Ich kenne mich sehr gut, aber manchmal bin sogar ich überrascht von den Dingen, die ich tue, von der Art, wie ich rede oder wie ich mich verhalte.

Eine Verlegerin bat mich, über mich selbst zu schreiben, über die wichtigen Dinge, die ich getan habe und noch tun werde.

Eigentlich bin ich überhaupt nicht wichtig und habe auch nichts Wichtiges getan – meiner Meinung nach bin ich eine Beobachterin und Geschichtenerzählerin. In meinem Leben war ich vieles: Ich war Hundesitterin und Psychologin, Putzfrau und Lehrerin. Aber was mich wirklich am meisten begeistert, ist das Schreiben. Da kommen wir wieder zu meinem deutschen Lieblingswort: Das macht *Spaß*, ganz einfach *Spaß*!

Es ist, als wäre ich ein Architekt und würde mein Haus mit meinen eigenen Händen bauen, Wand für Wand, Ziegel für Ziegel. Und nach getaner Arbeit ist die Freude groß, etwas zu sehen, das wahrhaftig ich geschaffen habe.

Es ist wie beim Töpfern: Man steckt die Hand in die Tonmasse, und heraus kommt eine schöne Vase.

Schade, dass ich nicht immer die richtige Inspiration finde. Sind eigentlich alle Autoren immer inspiriert? Ich jedenfalls nicht, ich bekomme diese Inspiration nur von Zeit zu Zeit, aber wenn sie kommt, ist es, als ob ein Vulkan seine Lava herausspuckt. Aus den Worten mache ich Sätze, und aus den Sätzen baue ich Absätze.

Meine Inspiration kommt von meiner Vergangenheit in Brasilien, meinen Erfahrungen in New York und meinem Leben in Deutschland, zwei Ehemännern, zwei Töchtern und einem Enkel. Von der Routine des täglichen Aufräumens, Putzens, Waschens, Bügelns, Kochens und Einkaufens.

Ich frage mich selbst, wer ich bin und was ich getan habe: Ich bin Mutter, Ehefrau und Hausfrau. Ich bin Lehrerin für meine Tochter und für andere, wenn es nötig ist. Ich bin mir für keine Arbeit zu schade, ich bin Freundin, Ratgeberin, Organisatorin und verlange von mir selbst, was ich auch von anderen verlange. Ich bin eine Kämpferin, ein Schlachtross, sehr diszipliniert und leider auch ziemlich überorganisiert (das Zusammenleben mit den Deutschen hat bei mir eine Neurose ausgelöst).

Zählt das, was ich gemacht habe, überhaupt bei einem Vorstellungsgespräch? Ich habe alles Mögliche gemacht. Ich denke darüber nach, was ich tat, was ich kann und was ich hätte bleiben lassen sollen, aber durch all das bin ich reich an Erfahrungen.

Das, was ich bin, und das, was ich gerne sein möchte, sind zwei verschiedene Dinge. Ich möchte gewöhnlich sein, aber gute Ideen haben, ich möchte ständig inspiriert werden. Ich würde gerne so schreiben, wie ich rede – wie ein Wasserfall. Ich möchte denen helfen, die in Not sind, und ich möchte alle Menschen lieben.

Vielleicht könnt nur ihr mir sagen, wer ich bin, nachdem ihr dieses Kapitel gelesen habt. In meinen Augen bin ich ein ganz normaler Mensch, nichts weiter.

28 Das Hin und Her

Viele Menschen wechseln die Kleidung, den Ehemann, die Wohnung. Ich wechsle den Arbeitsplatz. Mein Problem ist, dass die Arbeit nach einer Weile sehr eintönig wird, und ich kann Monotonie nicht ertragen. Jeden Tag das Gleiche zu tun, macht mich irre.

Als Lehrerin in Rio de Janeiro habe ich es nur deshalb vierzehn Jahre lang ausgehalten, weil ich jedes Jahr den Einsatzort gewechselt habe. Ich habe immer etwas anderes gemacht. Hier in Deutschland gefiel es mir bei der Post recht gut, weil die Chefs mich in der ersten Zeit fast täglich woanders hinschickten und ich viele interessante Dinge gelernt habe. Ich blieb zwölf Jahre lang dort, aber von diesen zwölf Jahren arbeitete ich sieben Jahre am selben Platz, und ich wäre vor Langeweile fast eingegangen.

Jeden Tag das gleiche Lied zu klimpern, wie ich es auf dem Klavier gelernt habe, ist superlangweilig, also habe ich es gut sein lassen und gekündigt. Mein Göttergatte hat nicht ganz unrecht, wenn er sagt, dass ich nie etwas zu Ende bringen würde. Ich fange etwas an, und nach einer Weile wird es so langweilig, dass es mich nicht mehr interessiert.

Mein Lebenslauf ist recht bunt, alles Mögliche steht darin. Ich habe immer wieder verschiedene Dinge ausprobiert. Das Problem ist jedoch, dass ich die Lust verliere, sobald ich es einmal gelernt habe. Ich habe Sprachkurse besucht: Englisch, Italienisch, Deutsch und Spanisch (mehr durch Zuhören und Sprechen), aber leider keinen davon so richtig.

Zweimal habe ich versucht, Autofahren zu lernen, und beide Male aufgegeben. Wie nervig, ständig darauf achten zu müssen, was andere tun, auf die Fahrtrichtung und die Verkehrszeichen achtzugeben. Ich hasse es, Dinge auswendig zu lernen, die man im Alltag wissen muss, wie Tabellen oder Verkehrszeichen. Mit den Buchstaben, die ich gelernt habe, kann ich zumindest Sätze, Wörter, Geschichten bauen und damit meine Fantasie benutzen.

Und was nun? Ich bin 50 Jahre alt, arbeitslos, glücklich auf der einen Seite und unglücklich auf der anderen. Die letzten Jobs, die ich in Deutschland bekommen habe, frustrierten mich von Tag zu Tag mehr. Zuerst war ich fast eineinhalb Jahre lang arbeitslos und erhielt Arbeitslosengeld. Das war großartig, ich hatte Zeit, von zu Hause aus alles in Ordnung zu bringen, meine Papiere, Dokumente und meinen eigenen Kopf. Der Betrag war sogar recht üppig, denn bereits vorher hatte der Staat fünfzig Prozent meines

Gehalts übernommen. Ich wurde depressiv, litt unter Beschäftigungsmangel, ging ins Fitnessstudio und durchlebte wegen der Wechseljahre eine schreckliche Zeit. Dann übernahm ich zwei dieser ungeliebten kleinen Jobs. Ich beschloss, wieder zu putzen, und schrieb an eine katholische Agentur, die älteren Menschen hilft. Zweimal pro Woche musste ich zu einer älteren Dame gehen, um ihr Haus zu putzen. Ich blieb nur eine Woche dort, denn die Dame hatte Alzheimer, war völlig entrückt (sie litt unter einem völligen Bewusstseinsverlust, d. h. sie hatte den Kontakt mit der Außenwelt verloren und lebte in der Vergangenheit). Ich kannte ihre Vergangenheit nicht und konnte keinen Dialog mit ihr führen. Für mich ist es schrecklich, wenn ich mit einer Person nicht kommunizieren kann, deshalb bin ich nur zweimal dorthin gegangen.

Die Gute zog ihre Kleidung in der falschen Reihenfolge an und schaffte es nicht mehr, sich um ihre Körperhygiene selbst zu kümmern. Das war einfach zu viel für mich. Es macht mir nichts aus, sauber zu machen, aber das war einfach zu viel des Guten.

Den zweiten Job bekam ich durch Carla, eine Freundin, die hier lebt. Ich sollte von 11:00 bis 13:00 Uhr in der Kantine, in der sie arbeitete, bei der Essensausgabe mithelfen. So konnten wir uns sehen und ein bisschen tratschen. Leider war der Koch, der gleichzeitig auch der Chef war, äußerst unhöflich. Wenn wir nicht taten, was er wollte, warf er die Töpfe und Kochutensilien auf den Boden und schrie wie verrückt herum. Er mochte meine Arbeitsweise nicht besonders. Er wollte, dass ich auf seine Art servierte. „Geben Sie die Soße neben das Essen" – ich schüttete sie einfach darüber. Er beschwerte sich auch, als ich die Zitronenscheibe vor der Soße auf den Fisch legte. Für mich ist das alles gehopst wie gesprungen, im Magen kommt doch ohnehin alles zusammen. Wozu also der ganze Aufwand, es wandert doch sowieso rein und wieder raus? Weil er mich aber nicht gut genug kannte, um mich anzubrüllen, ließ er es an einem türkischen Kollegen aus. Der arme Kerl arbeitete acht Stunden und brauchte den Job. Natürlich gab ich auch diesen Job auf. Nach seinem ersten Anfall schmiss ich hin, sagte, dass mir der Job nicht gefiele, da meine Kleidung immer nach Essen roch, und ich nur bleiben würde, wenn ich kassieren dürfte.

Zwei Wochen später rief mich die Frau des Chefs an und sagte, ich könne kommen und Kassiererin werden. Nach dem ersten Tag schickte sie mich weg und sagte, ich sei zu langsam und könne nicht rechnen, und das, obwohl ich Lehrerin bin und in Brasilien Kurse für Kassierer gegeben hatte.

Da meldete sich eine junge Brasilianerin voller Energie, supermotiviert, sie wolle gemeinsam mit mir einen Sprachkurs anbieten. Warum nicht, wenn es in einem Raum in einem „Mütterladen" stattfindet (ein Ort, an dem sich die Mütter hauptsächlich im Winter zum Spielen mit ihren Kindern treffen)? Dort zahlte ich nur 7,50 Euro pro Person für den Raum. Ein Büro zu mieten, ist in München schlicht unbezahlbar.

Meine Motivation ist dahin, weil ich dort einen Kurs gegeben habe, um Deutschen Portugiesisch beizubringen. Am Anfang waren es acht Schüler, heute habe ich nur noch drei. Obendrein bezahlen sie nicht oder kommen, ohne ihre Hausaufgaben zu machen, oder lernen nicht – eine Katastrophe. Außerdem habe ich zu Beginn des Kurses einigen Schülern mit Fehlstunden Extraunterricht ohne Bezahlung gegeben, um genug Schüler zu haben. Wenn dann einer nicht kommen konnte, wollte er immer eine Extrawurst. Man gibt den kleinen Finger und sie nehmen gleich die ganze Hand – da lässt man es besser gleich bleiben.

Ich war so frustriert, dass ich am Ende gar keinen Unterricht mehr geben wollte, außer hier und da einen Privatkurs, den ich nicht selbst organisieren musste.

29 Brief an Clara

Im Portugiesischen sagt man, dass Liebe mit Liebe bezahlt wird, aber das stimmt nicht. Liebe wird gegeben und Liebe wird empfangen. Man kann sogar sehr viel Liebe geben, und der Mensch, den man liebt, schert sich nicht darum.

Es gibt auch das Gesetz der Kompensation. Manchmal gibt man einer Person Liebe und erhält nichts von ihr außer großer Gleichgültigkeit. Dann, eines Tages, ohne dass man es am wenigsten erwartet hätte, lernt man einen Menschen kennen, der sich um einen kümmert und einen wirklich liebt. Man selbst, weil man so viel Liebe will und gibt, bekommt dieses wunderbare Geschenk als Wiedergutmachung für all die enttäuschten großen Lieben.

Manchmal sagen Menschen Dinge, die zunächst schlecht erscheinen, die aber in Wirklichkeit eine positive Kritik sind. Sie regen zum Nachdenken und zur Veränderung an, und das ist ja gar nicht so schlecht. Die Sichtweise (des Handelns und Verhaltens), die man von sich selbst hat, kann ganz anders sein als die eines anderen.

Ein Beispiel: Wer nicht mit anderen Menschen kooperieren will, ist in meinen Augen einfach eine unerträgliche Person. Ist es so schlimm, anderen Menschen zu helfen? Oder sammelt man einige Punkte für den Himmel, wenn man jemandem hilft? Muss man sich ständig darüber beschweren, dass man den Tisch abräumen, zum Einkaufen gehen oder andere einfache Arbeiten erledigen muss, bei denen man den Geist der Solidarität erkennen kann?

Freunde zu haben und Freundschaften zu schließen, ist doch eine Gelegenheit, mit Menschen auszukommen, sie so zu akzeptieren, wie sie sind, und ihnen Freundschaft, Zuneigung, Zusammenarbeit, Sympathie und Einfühlungsvermögen entgegenzubringen. Wenn ich Freunde habe, dann habe ich sie gefunden, weil ich sie nicht nur so akzeptiere, wie sie sind, sondern weil ich ihnen auch geholfen habe, als sie Hilfe brauchten. Ich führe immer einen offenen freundlichen Dialog und habe somit manchmal ein Ventil, um Probleme zu besprechen, oder höre mir zumindest ihre Probleme an.

Wir können Freundschaften schließen, die für den Rest unseres Lebens bestehen bleiben, aber es gibt auch vorübergehende Freundschaften und „Kollegialität", die keine tiefe Freundschaft ist, sondern nur ein Kontakt, der irgendwo für eine kurze Zeit und manchmal aus vorübergehenden Interessen geknüpft wird.

Gute Freunde gewinnt man, indem man die Menschen, von denen man umgeben ist, gut behandelt.

Ich habe seit Jahren Freundinnen, von denen ich manche nicht oft sehe und kaum Kontakt mit ihnen habe – trotzdem betrachte ich sie als meine Freundinnen. Sie leben in Brasilien. Und hier in Deutschland habe ich Freundinnen, die ich bei der Arbeit oder in Deutschkursen kennengelernt habe. Es sind jahrelange Freundschaften entstanden.

Meine Freundinnen und ich sind nicht immer in Kontakt, weil wir alle viel zu tun haben (Arbeit, Haus, Familie), aber wenn wir die Gelegenheit finden, uns zu treffen, unterhalten wir uns, tauschen uns aus, und die meiste Zeit genießen wir die gleichen Interessen und Ziele im Leben.

Um eine gute Freundschaft führen zu können, muss man die Person wirklich mögen, außerdem muss man aufrichtig, loyal und verständnisvoll sein; man muss dieser Person in schwierigen Momenten des Lebens beistehen und ihr als Ratgeber zur Seite stehen. Und ich bin mir sicher, wenn man jemanden so behandelt, wird diese Person das Gleiche auch zurückgeben.

Um ein bisschen konkreter zu werden: Wenn ich dir etwas an den Kopf geworfen habe, dann nur in der Absicht, dass du endlich mal nachdenkst und dein Verhalten änderst. Was die harten Dinge betrifft, die du mir gesagt hast, so möchte ich sie der Reihe nach mit plausiblen Erklärungen durchgehen:

Du hast mir gesagt, dass du mich hasst. Wir hassen einander und lieben uns gleichzeitig. Hass ist das Gegenteil von Liebe. Wenn ich einen Menschen sehr liebe, kann ich ihn hassen. Aber sag mal, führt Hass irgendwohin? Manchmal brüskieren uns andere mit dem, was sie sagen, oder tun Dinge, die uns nicht gefallen. Sie dafür zu hassen, ist normal, denn die Liebe, die wir für sie empfinden, verkehrt sich ins Gegenteil. Meinst du nicht, dass es besser ist, sich zu ärgern und dann erst mal etwas Abstand zu nehmen?

Warum sagen manche Leute, dass sie jemandem den Tod wünschen oder sogar jemanden ermorden würden, obwohl sie dann ihr Leben im Gefängnis fristen müssen? Ist es richtig, zu wollen, dass ein Mensch stirbt? Ist es richtig, ihm das Leben nehmen zu wollen? Wenn man mal darüber nachdenkt: Warum sollte man wollen, dass jemand stirbt? Können wir nicht einfach auf Distanz zu dieser Person gehen? Soll man wirklich ein Leben nehmen, egal wessen? Hat etwa irgendjemand das Recht dazu?

Ich wollte trotz aller Probleme, die ich mit meiner Mutter hatte, und es waren nicht wenige, nie, dass sie stirbt, und niemals wollte ich sie töten. Die Lösung, die sich für mich ergab, als ich noch in Brasilien lebte, bestand darin, so wenig Kontakt wie möglich zu ihr zu haben. Erst als die Situation sich zuspitzte, beschloss ich, das Land zu verlassen und dauerhaft fortzubleiben. Ich glaube, das war eine vernünftigere und weniger tragische Lösung.

Selbst wenn du mich töten würdest, würde ich nicht wollen, dass du dafür ins Gefängnis kommst. Neulich sagtest du zu mir, dass du mich bei der Polizei anzeigen könntest, weil ich dich ein paarmal geschlagen hätte. Ich antwortete dir, dass du in diesem Moment oder zu jeder beliebigen Zeit anrufen und Anzeige erstatten könntest. Das ist allein deine Entscheidung.

Das Schlimmste, was man mir antun könnte, wäre, mich zu töten oder mir wehzutun. Doch selbst wenn mir jemand wehtun würde, so würde ich dennoch nicht wollen, dass diese Person meinetwegen ins Gefängnis kommt. Ich denke, das Gefängnis ist nicht nur ein Ort, an dem man seine Freiheit verliert, sondern auch ein Ort, an dem man sowohl von korrupten Polizisten als auch von Mitgefangenen misshandelt wird. Wenn das Gefängnis zum Besseren erzöge ... Aber in Wirklichkeit verschlimmert es doch die Situation, es schafft noch mehr und mehr Kriminelle. Meiner Meinung nach ist dies keine Lösung. Ich denke, die Menschen sollten nachdenken, bevor sie sprechen, denn es kann sein, dass sie Dinge sagen, die sie nicht wirklich meinen oder die die Menschen, die sie lieben, verletzen, und zwar zutiefst.

Du sagtest auch, dass du meine Geschichten nicht magst und dass ich keine gute Schriftstellerin sei. Ich akzeptiere deine Kritik, denn schließlich hat jeder seinen eigenen Stil. Es gibt mehrere Literaturkategorien: die erste, die zweite und die dritte Kategorie. Selbst wenn es mir gelingen würde, etwas in der letzten Kategorie zu veröffentlichen, würde es mir nichts ausmachen, denn für mich ist wichtig, dass ich mein Ziel erreicht habe, nämlich, etwas zu veröffentlichen, was ich eigenhändig geschrieben habe.

Ich hoffe, dass deine vorpubertäre Phase irgendwann vorübergeht, dass du aufhörst, mich zu hassen, und dass du ein kooperativer und verständnisvoller Mensch wirst. Ich denke, auf diese Weise wirst du viel mehr Freundschaft, Zuneigung und Liebe von den Menschen um dich herum erfahren.

30 Wörter

Ich habe im Alter von acht Jahren angefangen, Poesie zu schreiben. Als ich fünfzehn war, fand in der Schule ein Musikfest statt. Ich hatte meinen Text einem Freund gegeben, und er machte einen schönen Samba daraus. Hier ist der Text:

Bedeutungslose Worte

Worte, nur Worte,

nur unsensible Geräusche.

Lauter leere Phrasen.

Keine Hilfe oder Verständnis.

Alles traurig, alles umsonst,

keine Worte der Zuneigung.

Und meine niedergeschlagene Seele,

du kannst dich nur auf mich verlassen.

Keine Freunde mehr.

Es gibt nur Unwahrheit, die zerstört,

die Wahrheit tut nicht mehr weh,

es tut nicht mehr weh.

Ich komme zum Ende.

Es gibt keinen Platz mehr für mich.

Nur der Wille, zu verletzen.

Es gibt eine Leere in meinem Kopf,

Leere, die plötzlich begann,

und die nicht enden will.

Jeder Augenblick,

es wird zum Schmerz,

so zu leben.

Und wie kann ich widerstehen?

Wie lange werde ich so tun, als ob?

Wie werde ich entkommen?

Jeden Augenblick

verwandle ich mich.

Ich sehe nichts vor mir.

Ich sehe nur ein Bild,

ich sehe keine Menschen.

Ich sehe nichts, was mich trösten könnte.

Ich sehe nur eine Welt,

die blank ist.

Alles, was ich höre, sind bedeutungslose Worte.

Worte, bloße Worte,

nur unsensible Geräusche.

Solche leeren Phrasen.

Keine Hilfe oder Verständnis.

Alles traurig, alles umsonst,

keine Worte der Zuneigung.

Wir sind zwar kein berühmtes Samba-Duo geworden, aber wir hatten bei den Proben und bei der Veranstaltung einen Heidenspaß. Zu schade, dass ein Buch keinen Ton hat, sonst wäre es sehr schön, nicht nur die Gedichte zu lesen, sondern auch die Melodie zu hören. Zu dieser Zeit befand ich mich in einem tiefen Loch, das merkt man an der Art der Poesie.

Jetzt befinde ich mich in einer kritischen Phase. Ich kritisiere einfach alles: die Regierung, die Schule, die Mentalität der Menschen, meine Sprache, die anderen Sprachen. Außerdem glaube ich, dass ich ein bisschen gaga geworden bin, weil ich hier in Deutschland lebe und eure Sprache gelernt habe.

Eure Grammatik ist nicht einfach, man muss immer, wenn man das Verb konjugiert, das Personalpronomen setzen, also bitte: Ich selbst höchstpersönlich, und niemand anders, bin nicht dumm. Auf Portugiesisch reicht: bin nicht dumm.

Und dann noch die drei Artikel, ganz schön verrückt, einen für das Männliche, einen weiteren für das Weibliche, und einen, der kein definiertes Geschlecht hat. Besonders kompliziert für mich ist es aufgrund der Tatsache, dass Wörter, die auf Portugiesisch männlich sind, auf Deutsch weiblich sind: die Sonne, die für uns unser Sternenkönig ist, „o sol", also maskulin; für Deutsche ist der Mond, unsere romantische silberfarbene, weibliche Dame „lua", *der* Mond. Da mich das von Tag zu Tag mehr verwirrt, habe ich beschlossen, die deutsche Sprache zu vereinfachen. Einer der Gründe, warum ich so schlecht Deutsch spreche, ist also, dass ich die Artikel nicht benutze. Ich kann mir einfach nicht merken, was männlich, weiblich oder neutral ist. Das Neutrum sitzt in gewisser Weise zwischen den Stühlen, es ist weder „rechts" noch „links", sondern in der Mitte: *das* Kind oder *das* Bier. Eigentlich gar nicht so dumm, denn das Kind kann entweder männlich oder weiblich sein, und Bier ist für jeden, denn Männer und Frauen können es trinken. Ich habe mehrere Deutschkurse besucht, die Grammatik gelernt, aber ich verwende sie nicht, weil sie für meinen Geschmack zu kompliziert ist. Ich beschloss, das Deutsche viel praktischer zu machen. Der Satzbau ist wirklich schrecklich, denn wenn das Verb zusammengesetzt ist, das Hilfsverb nach dem Subjekt und das Hauptverb am Ende des Satzes steht, vergesse ich ständig, das vermaledeite Ding dorthin zu setzen, da ich vorher schon tausend Dinge gesagt und es längst vergessen habe. Was ist das für ein Satz? Ich habe das Zimmer, das Bad, die Küche, das Wohnzimmer, das Auto, die Lampe, die Tür, den Tisch, das Sofa und das Fenster *geputzt*. Auf Portugiesisch kommen wir gleich zur Sache und sagen: Ich *habe geputzt* das Zimmer, das Bad, die Küche, das Wohnzimmer, das Auto, die Lampe, die Tür, den Tisch, das Sofa und das Fenster (Eu *limpei* o quarto, o banheiro, a cozinha, a sala, o carro, os lustres, as portas, a mesa, o sofá e as janelas.)

Ihr seid doch verrückt und wollt mich in den Wahnsinn treiben! Für mich ist es ein Unding, zu reden und zu reden und dann das Hauptverb ans Ende des Satzes zu setzen. Ich setze es einfach nach dem Subjekt, sonst vergesse ich, welches Verb ich setzen wollte.

Und dann gibt es auch noch Verben, die sich trennen, ein Stück in der Mitte des Satzes und das andere am Ende des Satzes – Wahnsinn. Da soll ein Ausländer nicht verrückt werden?

Obendrein müssen alle Substantive mit Großbuchstaben geschrieben werden, nicht nur die Eigennamen, sondern auch die gewöhnlichen. Das vereinfacht gewiss eine morphologische Analyse der Wörter, aber für diejenigen, die nicht daran gewöhnt sind, ist es eine Qual, wenn man schreibt: Der Hund macht Pipi. Also ich muss schon sehr bitten, wie kann man Pipi ernsthaft großschreiben???

Mein Deutsch ist weder mein Ehemann, Partner, Freund, noch mein Liebhaber, denn den habe ich schon. Ich meine das Kauderwelsch, das ich spreche: mein Deutsch. Es ist schrecklich, ein wahres Chaos. Ich habe es auf Biegen und Brechen gelernt. Ich spreche Deutsch, aber benutze die portugiesische Grammatik, und alles, was ich spreche, klingt schief und taumelnd, so wie ein Betrunkener im Karneval. Alles andere wäre mit meinen hormonellen Problemen, dem Schilddrüsenproblem, das mich ohnehin halb verdummen lässt, und dem Problem der Wechseljahre, das mich fast mit Amnesie vergessen lässt, ein echtes Wunder.

Im letzten Jahr ist mir aufgefallen, dass ich die deutsche Sprache lesen und verstehen kann, und das war für mich eine Überraschung: Lesen und Verstehen. Ich traue mich nicht, zu schreiben, denn in jedem deutschen Wort, das ich schreibe, sind mindestens drei falsche Buchstaben, und ich bin froh, wenn ich etwas richtig zu Papier bekomme. Meine Tochter korrigiert mich glücklicherweise immer wieder, und über meine Briefwechsel macht sie sich immer lustig. Neulich waren in einem Wort mit sechs Buchstaben vier falsch, deshalb halte ich es für besser, gar nicht zu schreiben.

Werde ich jemals in der Lage sein, diese gesegnete Sprache zu sprechen und zu schreiben? Ihr Deutschen lernt jede Sprache sehr leicht, aber verglichen mit der Sprache, die ihr sprecht, ist jede andere Sprache ja auch ein Kinderspiel.

Die deutschen Schulen sind superarchaisch, man lernt immer noch Latein auf dem Gymnasium (vielleicht warten sie auf Caesars Rückkehr nach Germanien) und auch Griechisch, aber nicht das moderne, sondern das aus der Zeit des antiken Griechenlands. Das ist doch komplett weltfremd! Heute braucht man doch Informatik und nicht irgendwelche Sprachen, die tot, begraben und unbrauchbar sind.

Ich möchte zumindest vernünftig sprechen und weniger Fehler beim Schreiben machen. Verstehen kann ich ganz gut, sogar zu gut, denn manchmal werde ich sauer, weil ich so viel verstehe.

Ich erfinde gerne Wörter, die zwar nicht neu sind, aber den Dingen eine andere Bedeutung geben. Ein Beispiel: Für mich ist der Name „Haartrockner" komplett falsch. Schließlich hängt man sein Haar ja nicht zum Trocknen auf. Bei uns zu Hause sagen wir „Haarsauger", doch das trifft es eigentlich ja auch nicht ganz, denn das Gerät saugt nichts auf. Ein idealer Name wäre wohl „Haarbläser", denn er bläst heiße Luft und trocknet damit das Haar.

Hausschuhe heißen bei mir „Fußschläfer". Hausschuh ist ein Name, der nichts mit der Funktion zu tun hat. Da liege ich auch gar nicht so falsch, denn ich stelle den Schuh immer so hin, dass der Fuß sich ausruhen kann, das heißt, sich entspannen kann; vielleicht wäre „Ruheschuh" treffender. Zur Jacke sagte ich neulich einmal „Decke", aber in Wirklichkeit ist die Jacke hier ja auch eine Decke, und „Fahrrad" habe ich kurzerhand in „Auto" umgetauft. München ist eine Stadt voller Fahrradwege, und man kann sein Fahrrad regelrecht in ein Auto verwandeln und durch die ganze Stadt fahren, ohne Benzin zu verbrauchen, und nebenbei macht man noch Sport.

Die Deutschen setzen gerne Wörter zusammen, um daraus neue zu formen, und ich vertausche immer die Reihenfolge, denn für mich ist das egal: Tagesmutter oder Muttertag, Stadtwerke oder Werkstatt, Mauswolle statt Wollmaus, „Vismur" für „Vinzenzmurr" (eine Metzgereikette hier in München). Werde ich das jemals auf die Reihe bekommen?

Ich bin fest davon überzeugt, dass wir eine Sprache selbst entwickeln könnten. Man kann auch aus Wörtern aus verschiedenen Sprachen einen gemischten Salat anrichten. Warum denn nicht? Meines Erachtens ist „I love you" viel besser als „Ich liebe dich" oder „Je t'aime". „Yes" ist ein besseres „Ja", und „No" ist schöner als „Nein". Für mich muss Wasser „Mizu" heißen. Das ist Japanisch und hat einfach mehr Klang. „Guten Morgen" könnte meinetwegen „Orayo" (Japanisch) oder „Kaliméra" (Griechisch) heißen. „Auf Wiedersehen" hieße bestenfalls „Ciao Bella!" Und mal ehrlich, niemand hat schönere Lebensmittel als der Italiener: Spaghetti Carbonara, Bolognese, Pizza, Vino Rosso, Vino Bianco und so weiter.

„Danke" sollte „Merci" heißen, denn in diesem Wort steckt einfach alles drin. Und „gern geschehen" wäre „prego", da denkt man sofort an den sonnigen Süden. Es gibt zwei Wörter, die ich im Deutschen liebe, eines davon ist „Spaß". Es bedeutet ja auch „Vergnügen", so etwas gibt es im Portugiesischen nicht so komprimiert. Das macht Spaß, aber auch „Schmerz"; „Schmeeeeeeerz" ist ein Wort, das beim Reden wirklich wehtut, und zwar dermaßen, dass es einem in der Seele schmerzt.

Bereits bekannt gewordene Phrasen wie „Hasta la vista, Baby!" von Schwarzenegger hört man allenthalben, egal ob gesagt oder gesungen. Unsere Katze heißt „Xuxa", aber ich glaube, sie denkt, ihr Name ist „Weg da!" – wunderbar effizient.

Und dann wäre da noch „saudade", ein portugiesisches Wort, das es in keiner anderen Sprache gibt. Es bedeutet so etwas wie Sehnsucht, Fernweh und Nostalgie in einem. „Saudade" tut weh, bei „saudade" vermissen wir, und bei „saudade" wollen wir in der Nähe bleiben. Es ist nicht dasselbe wie ein schnödes „Ich vermisse dich". Wenn ich sage: „Ich habe ‚saudade' nach dir", dann klingen tausend Saiten an.

31 Luft ablassen

Ich bin nicht voller Illusionen nach Deutschland gekommen, auf der Suche nach einem besseren Land. Tatsächlich hat sich für mich alles zum Besseren gewendet. Deutschland war mein Seelenheil, mein Lebensheil. Es ist ein Ort, an dem ich ich selbst sein kann, und nicht das, was andere wollen.

Ich habe hier meinen Frieden, meine Stabilität, meine Familie, meine Liebe, meinen Respekt und meine Würde erlangt. Heute bin ich sehr dankbar für alles, was ich materiell, sozial und geistig erreicht habe.

Ich bin ein Mensch, der sich seiner Verantwortung voll bewusst ist, sei es mir selbst oder anderen Menschen gegenüber. Ich versuche, die richtigen Dinge zu tun, ich halte mich an die Regeln, ich bin ehrlich, loyal, korrekt, ich denke jeden Tag über meine Handlungen nach und analysiere, ob ich richtig- oder falschliege. Wenn ich falschliege, versuche ich, mich zu korrigieren und mich oder andere nicht zu verletzen oder zu täuschen.

Selbst in meiner korrekten und geschützten Welt der Regeln kommt das Brasilianische durch und, schlimmer noch, meine eigene Familie, die ohne Skrupel und Charakter lügt, betrügt und ausnutzt. Leute, die nicht die geringste Würde, keinen Respekt vor anderen Menschen und keinerlei soziales Bewusstsein haben. Egoismus, Scham- und Verantwortungslosigkeit gegenüber anderen Menschen widern mich an.

Ich frage mich, wo ist das Gewissen dieser Personen? Welche Liebe haben sie für sich selbst und für andere? Ich sehe nichts als Egoismus, Individualismus, Freude daran, andere Menschen zu benutzen und auszunutzen.

Was ist passiert? Sind alle Menschen so? Oder gibt es noch Würde und Charakter? Gibt es noch jemanden, der korrekt und verantwortungsbewusst ist?

Ich bin zu einer Zeit aufgewachsen, als die Erziehung von zu Hause kam, für Lügen und Betrug gab es Strafen. Egal, wie schlimm die Wahrheit war, sie war immer besser als eine Lüge, und wenn unsere Eltern herausfanden, dass wir gelogen hatten, mussten wir die Verantwortung für unser Handeln übernehmen, und die Konsequenzen waren sehr hart.

Ich vermisse mein Land zu der Zeit, als ich ein Kind war, das Leben, die Menschen, mit denen ich gelebt habe, und einige, die bereits gestorben sind, die mir dieses Gewissen gegeben und mir die Würde ihres Lebens weitergegeben haben. Heute kehre ich in jenes Land zurück und fühle mich wie ein gestrandeter Fisch, weil ich sehe, dass ich ein anderes Gewissen und eine andere Mentalität habe als die meisten Menschen.

Ich befinde mich auf einer Ebene, auf der ich auch Verantwortung für den anderen trage. Ich lebe nicht, um den anderen zu täuschen, auszunutzen oder zu benutzen, unter keinen Umständen. Mein soziales Gewissen und meine Würde als Mensch sind auch mit der Natur verbunden, nicht nur mit meinem Land, sondern auch mit dem Rest der Welt, den Tieren und allem um mich herum. Leider gibt es Menschen, die nicht so denken und nicht so handeln. Diese Menschen sind meines Erachtens Riesenidioten.

32 An die Brasilianer und den Frieden

Viele Brasilianer wollen Brasilien verlassen, um eine bessere Zukunft zu haben und eine Arbeit, die ihnen viel Geld garantiert. Aber müssen wir wirklich unser Land verlassen, um das zu bekommen?

Ich habe lange Zeit außerhalb meines Heimatlandes gelebt und komme heute zu dem Schluss, dass ich vielleicht in Brasilien viel besser leben würde.

Ich denke, viele geben sich einer großen Illusion hin, wenn sie ins Ausland gehen. Es ist nicht so einfach, wie manche denken. Wenn man die Landessprache nicht beherrscht, und wenn die Ausbildung in dem Land, in das man gehen will, nicht anerkannt wird, bekommt man nur eine Arbeit auf sehr niedrigem Niveau.

Brasilien könnte eines der größten und am weitesten entwickelten Länder sein, nicht nur in Amerika, sondern auf der ganzen Welt. Es hat alle Voraussetzungen dafür. Das Klima ist eines der besten auf dem Planeten, das Land ist fruchtbar und bietet die unterschiedlichsten Produktionsmöglichkeiten. Das brasilianische Volk weist die größte Rassenmischung aller Länder auf. Dies ermöglicht die Geburt von Individuen ohne Anomalien. Wir sind nicht nur tolerant, sondern verfügen auch über Höflichkeit, Flexibilität, Intelligenz, Potenzial und Know-how. Wirtschaftliche Stabilität zu erreichen, bedeutet nicht, dass damit der soziale und kulturelle Teil erledigt ist. Um eine instabile Situation aufgrund finanzieller Probleme zu überwinden, muss man innerhalb der eigenen Verhältnisse leben. Anders ausgedrückt: Es reicht aus, mit dem zu leben, was man hat. Es ist unmöglich, mehr auszugeben, als man verdient. Außerdem kann man, da das Notwendige ja unabdingbar ist, das Überflüssige einfach weglassen. Reich zu sein, bedeutet nicht, glücklich zu sein. Ein ruhiges Leben ohne Überschuldung ist ideal. Müssen wir alles haben, was der andere hat? Müssen wir unser Leben zum Krieg machen? Können wir nicht in Frieden und auf einfache Art und Weise leben? Das zu haben, was man braucht, und das zu tun, was einem gefällt, verschafft vollste Zufriedenheit. Und das ist doch schon ein Riesenglück, oder?

Wie viele Länder befinden sich im Krieg? In meinen Augen ist Krieg nichts anderes als eine große Unwissenheit, die der Mensch gegen sich selbst richtet. Ist Krieg eine Lösung? Nein, Krieg ist keine Lösung. Vielmehr ist es eine destruktive Methode, die keine Probleme löst. Für einige Mächtige ist es ein Mittel, Menschen gegeneinander aufzuhetzen, indem man sie als unterschiedlich definiert. Das wiederum ist doch nichts als ein unhaltbares Vorurteil, oder? Ist es so, dass wir, weil wir verschiedener Abstammung sind, verschiedene Sprachen sprechen, aus verschiedenen Heimatländern kommen, andere Ideen haben und unterschiedlichen Religionen angehören, keine Menschen mehr sind? Wie kommt es, dass einige Leute immer noch nicht verstehen, dass wir alle gleich sind?

Gibt es Frieden in der Welt?

Ich weiß, und wir alle wissen, dass der Frieden hier ist, an einem Ort direkt in uns. Man muss keinen Krieg führen. Es reicht, zum Frieden aufzurufen. Jede Sekunde herrscht Frieden. Es herrscht Frieden in jeder Minute. Es herrscht in jeder Stunde Frieden. In jedem Monat des Jahres herrscht Frieden. Es herrscht Frieden in jedem Jahr. In jedem Jahrhundert gibt es Frieden.

Heute müssen wir innehalten, uns gegenseitig anschauen und jeden Menschen als ein uns gleichwertiges Wesen betrachten.

Wir sind Menschen, wir unterscheiden uns nicht voneinander, und deshalb müssen wir zum Frieden aufrufen.

33 Meine Schülerin

Meine Schülerin ist eine deutsche Dame namens Marianne. Sie ist sehr alt, kann aber mehrere Sprachen sprechen: Englisch, Italienisch und Portugiesisch, weil sie Familie in Brasilien hat und dort etwa sechs Monate gelebt hatte.

Unser Portugiesischunterricht war sehr unterschiedlich, Grammatik spielte keine große Rolle, es war mehr eine Plauderei. Wir diskutierten über Artikel einer brasilianischen Zeitschrift, die sie abonniert und gelesen hatte, sowie über Rezepte und Gartenarbeit (sie hatte es tatsächlich fertiggebracht, in der hiesigen Kälte Okra in ihrem Gewächshaus anzupflanzen). Sie verbrachte ihren Urlaub in unserem Ländchen und besuchte ihre Verwandten, die in Brasilien leben. Einmal, als sie bei ihrer Familie war, luden sie sie ein, in ein neues Restaurant zu gehen, und sie unterhielten sich: „Heute gehen wir zu ‚Makidonaldi'. Warst du da schon? Das ist berühmt und neu, und wir sind sicher, dass es dir gefallen wird."

„Nein, da war ich noch nie, und ich habe auch noch nie davon gehört."

Am Abend stiegen sie ins Auto, und nach etwa 20 Minuten kamen sie beim Restaurant an. Sie stiegen aus, und als meine Schülerin „McDonald's" las, sagte sie überrascht: „Dieses Restaurant kenne ich, es gibt mehrere in München, aber ihr habt doch von einem Lokal namens ‚Makidonaldi' gesprochen?" Die Gute hatte keine Ahnung, dass wir Brasilianer alles Portugiesisch aussprechen ...

Während unseres Portugiesischunterrichts erzählte sie mir oftmals Geschichten aus ihrer Vergangenheit. Einmal erzählte sie mir, dass sie während des Zweiten Weltkriegs von den Nazis gezwungen wurde, auf einem Bauernhof auf den Feldern zu arbeiten. Die Arbeit war schwer und anstrengend, und der einzige Vorteil war, dass es immer etwas zu essen gab.

Als sie dann in der Stadt als Schaffnerin in der Straßenbahn arbeitete, musste sie einmal bei einem Bombenangriff in den Luftschutzbunker. Das Problem war, dass es an dem Ort, wo sie sich befanden, keinen gab. Sie mussten also einen anderen sicheren Ort suchen. Aber wo? Sie befanden sich in der Nähe des Friedhofs und beschlossen, sich in einem der Gräber zu verstecken. Ihr Kollege meinte:

„Wenn wir sterben, sind wir wenigstens schon vor Ort."

„Da hatte er nicht ganz unrecht", meinte sie.

Sie sagte mir auch, dass es zu der Zeit, als die Nazis an der Macht waren, praktisch unmöglich war, Dokumente oder Papiere zu bekommen, wenn man welche benötigte. Als die US-Amerikaner kamen, änderten sich die Dinge deutlich zum Besseren. Sie bekam einen Job als Englischübersetzerin und war überrascht, als sie eine Anzeigetafel an der Wand der US-amerikanischen Besatzungsverwaltung sah, auf der stand: „Das Mögliche wird sofort erledigt, das Unmögliche kann manchmal ein bisschen länger dauern."

Sie gestand mir, dass sie daran glaube, dass das wirklich Unmögliche nur eine Frage der Zeit sei.

34 Der Gitarrist

Ich habe einen Bruder namens Pedro (für Freunde Pedrinho), er ist Gitarrist, und zwar ein ziemlich guter. Er kam zur Welt, als ich fünfzehn Jahre alt war. Ich war ganz wild darauf, ein Geschwisterchen zu bekommen. Als er auf der Welt war, war ich überglücklich, wechselte viele Windeln und gab viele Fläschchen.

Als er etwa zwei Jahre alt war, wurde er rebellisch, und um uns wütend zu machen, schlug er seinen eigenen Kopf gegen die Wand. Eines Tages kaufte unser Vater ihm einen Helm, setzte ihm diesen auf, drehte sich zu ihm um und sagte: „Jetzt kannst du ruhig deinen Kopf gegen die Wand hauen, nur zu." Er versuchte es schneller, als uns lieb war, doch er fiel ständig zu Boden, schreiend und um sich tretend, völlig frustriert.

Der Kleine stand außerdem total auf Autos. Er war kaum drei Jahre alt und kannte bereits alle Typen von Autos, in denen er mitfuhr, kannte Fabrikat und Baujahr. Für mich Ahnungslose ist es einfach nur ein Ding mit vier Rädern und einem Lenkrad, das fährt und „tut tut" macht. Er taufte sogar das Auto unseres Vaters um. Er gab ihm den Spitznamen „Bipai", also „Tutpapa", was „Vaters Auto" bedeutete.

Wir hatten nicht viel Kontakt – ich weiß nicht, ob wegen seiner Mutter oder wegen unseres Vaters. Eine Schande! Einmal kam er für eine Woche zu mir und Ana. Es war schön, und ich habe ihm ein kleines Messerchen geschenkt, er liebte es.

Er ist ein sauberer, ordentlicher Typ (das hat er von unserem Vater), aber er ist ein Einzelgänger. Er war nie ein großer Redner und hält nicht viel von Schwindeleien – das hat er nicht vom Vater. Er lebt sein kleines Leben, ist jetzt verheiratet, hat eine Familie, lebt in US-Amerika und macht Musik.

Früher lebte er hier in Deutschland. Er kam nach Deutschland, als er etwa zwanzig Jahre alt war, kämpfte wie ein Verrückter, um ein Engagement zu bekommen, lebte sehr einfach. Er wohnte damals in Köln. An Neujahr besuchte er mich einmal. Silvester feierten wir in einer Bar, in der er auftrat, mit seinen und unseren Freunden. Dann ging er nach Italien und von dort nach Österreich. Dort holte ihn die Einwanderungsbehörde ab, denn damals gehörte Österreich noch nicht zur Europäischen Gemeinschaft. Als er mich anrief, sagte ich ihm, er solle nach Deutschland kommen. Um ihm weitere Probleme zu ersparen, schrieben wir, dass er bei uns lebte. Wenn die Einwanderungsbehörde ihn wieder kontrollieren würde, sollte er sagen, dass er dort im Urlaub sei, und bei uns leben würde. Es hat funktioniert.

Ein anderes Mal kam er gemeinsam mit sechs anderen Musikern vorbei. Sie waren eine Gruppe und nannten sich „Roots from Botswana", aber eigentlich war nur ein Afrikaner dabei, die anderen waren alle Brasilianer. Sie hatten einigen Erfolg und mehrere Auftritte. Wir gingen zu einer dieser Shows, und sie waren wirklich gar nicht übel!

Es läuft hier, ebenso wie in Brasilien, manchmal nicht so gut. Als er arbeitslos wurde, ging er zurück nach Brasilien. Wir trafen uns dort, als ich im Urlaub war. Da er mit seiner Heimat nicht mehr so richtig warm wurde, beschloss er, es fortan in US-Amerika zu versuchen.

Er hatte Glück mit seiner Musik und der Liebe. Er verliebte sich, begann eine Beziehung, verlobte sich und heiratete schließlich. Er war so glücklich bei der Hochzeit, das konnte ich sogar auf dem Bild sehen. Ich weiß, dass er weiterhin hart arbeitet, denn ich erhalte per E-Mail Informationen über alle Konzerte, die er dort gibt.

Mein Vater und seine Frau meinen, dass die Gattin meines Bruders sehr nett sei. Ich kenne sie nicht persönlich, nur von Bildern. Ich weiß, dass ihre Familie ihn wirklich mag. Ich bin sicher, dass er heute seinen Platz gefunden hat und singt: „New York, New York".

35 Abschiedsbrief

Lieber Onkel Josef, liebe Cousins, Cousinen, Enkelin, Enkel, Urenkel und Familie, ich habe die Nachricht vom Verlust unserer lieben Elizabeth durch Anas E-Mail erhalten. Ich schrieb ihr, dass unsere Tante einer der besten Menschen war, die ich je in meinem Leben getroffen habe. Ein wunderbarer Mensch – ich habe sie nie verärgert gesehen, sie war immer gut gelaunt und stets bereit, allen zu helfen.

Onkel Josef, ich habe dich einmal auf einer Familienfeier sagen hören: „Meine Frau hat mehr Qualitäten als ich." Dabei sah ich, dass dies, bei all deiner Erfahrung, nur die Wahrheit sein konnte und die Anerkennung der Qualitäten von Tante Elizabeth mehr als gerechtfertigt war. Und das in einem Macho-Land wie Brasilien.

Ich bin weit weg, aber ich habe immer versucht, über meine Mutter herauszufinden, wie es meiner Tante geht, vielleicht, weil mir die Familie hier so sehr fehlt. Deutschland ist ein Land mit einem kalten Klima, und fernab der Familie ist das noch schlimmer.

So unglaublich es auch erscheinen mag, ich hatte bei der Post eine Kollegin, die genauso war wie Tante Elizabeth (ohne jede Übertreibung), nur jünger. Sie hatte die gleiche Art, Größe (eine Riesin), Haare, Augen, Redeweise, eigentlich alles wie die Tante. Sie war die deutsche Version der Tante, es fehlte nur noch ihre Brille. Bei einer unserer zehnminütigen Pausen beobachtete ich meine Kollegin, wandelte durch die Zeit und erinnerte mich an Tante Elizabeth und Klaus (mit seinem Schnuller um den Hals), wenn sie uns im Haus meiner Großmutter besuchen kamen.

Tante Elizabeth war nicht nur die Lieblingsschwester meiner Großmutter, sondern ich glaube, sie war auch ihre wichtigste und beste Freundin. Die beiden haben sich nie gestritten, sie haben immer miteinander gesprochen. Es ist, als ob die Vergangenheit zurückkehrt, das Telefon klingelt, ich eile hin, und auf der anderen Seite sagt eine bekannte Stimme: „Dora, wie geht es dir, mein Kind?"

„Gut, Tantchen, und dir?"

„Gut. Ist deine Großmutter zu Hause? Ich muss mit ihr sprechen."

„Ich rufe sie."

Ich weiß nicht, wie oft dieser Dialog stattgefunden hat, aber ich glaube,

Tausende Male. Es gab keinen Tag, an dem die beiden nicht telefoniert haben, um sich zu unterhalten, über ihre Probleme zu sprechen, Rezepte, Ideen und Neuigkeiten auszutauschen.

Und gab es Familienfeiern ohne Tantchens Zauberhände? Das glaube ich kaum, denn sie brachte immer ihre Kuchen und Süßigkeiten mit.

Die Tante wird nicht nur euch fehlen, sondern uns allen. Wenn es einen Gott gibt, dann ist sie sicherlich an seiner Seite und bei ihrer Familie: unserem Urgroßvater, unserer Urgroßmutter, meiner Großmutter, Tante Lucia, Tante Rita, Onkel Fred, Onkel Nando, Tante Tonia, Tante Karla, Onkel Flor und allen, die uns bereits verlassen haben. Ich selbst habe nicht nur eine Großtante verloren, sondern einen Engel, eine Fee, einen fantastischen, wunderbaren Menschen.

Als Beethoven das Lied „Für Elise" schrieb, muss es für eine Elisabeth gewesen sein, die er kannte oder in die er verliebt war. Aber wenn ich „Für Elise" hörte, kam mir immer das Bild meiner Tante in den Sinn. Für mich ist die Musik, die er schrieb, unserer lieben Tante Elizabeth gewidmet. Und wenn ich jetzt dieses Lied höre, werde ich an einen Engel im Himmel denken, der Elizabeth heißt.

36 Ein Wesen von einem anderen Planeten

Mein Bruder Alvin war ein ganz eigener Junge. Er akzeptierte bestimmte Dinge nicht, er lebte in seiner Welt, war überaus liebevoll und fürsorglich. Für mich war er ein Wesen von einem anderen Planeten. Ich habe nie wieder jemanden wie ihn getroffen. Leider ist er schon verstorben. Er war ein kluges Kind. Er stellte so einiges an und behielt es für sich.

Als sie in einem Haus wohnten, ließ mein Vater den Zaun streichen, der sehr hässlich und verrostet war. Wegen des Rosts musste eine rote Lasur aufgetragen werden, damit das Metall nicht weiterrostete. Als Alvin das sah, wollte er auch malen. Nach einigem Hin und Her ließen sie den Jungen schließlich malen. Danach war alles Rot: das Geländer, Alvin, der Hund des Nachbarn (der kam vorbei und mein Bruder streichelte und liebkoste ihn), die Wand, der Boden und alle, die ihn begrüßten.

Ein anderes Mal kam der Maurermeister José, um einige Reparaturen am Haus durchzuführen. Da er bei der Arbeit sehr gerne Musik hörte, hatte er immer sein kleines Radio dabei. Da kam ihm Alvin zur Hilfe. Während der Handwerker Wasser holen ging, um den Zement anzumischen, begrub der Junge in Windeseile das Radio. Als Meister José zurückkam, staunte er nicht schlecht, denn er hörte zwar von irgendwo die Musik, die das Radio spielte, aber wo war es nur geblieben? Als ich dazukam und sah, wie der Maurer an seinen Sinnen zweifelte, fragte ich ihn, was los sei, und half ihm bei der Suche. Irgendwann kamen auch mein Vater und mein anderer Bruder hinzu, und wir erzählten ihnen, was passiert war. Dann suchten wir alle zusammen. Nach einer Stunde gelang es uns endlich, das Musik spielende Radio zu verorten, und wir gruben es aus. Von Alvin war zu diesem Zeitpunkt keine Spur mehr zu sehen.

Alvin liebte die Menschen sehr. Er war der einzige Mensch, der sich um Bettler kümmerte. Wenn er einen Bettler sah, redete er sofort mit ihm. Wenn er etwas aß, teilte er das, was er hatte, mit dem armen Kerl. Diese Menschen taten ihm einfach leid. Wenn er einen armen Jungen sah, gab er seinen Mantel ab und kam im Hemd aus der Schule nach Hause. Er hatte ein Herz aus Gold, wollte immer helfen, aber manchmal kam er uns in die Quere. Einmal blieb er bei mir. Als ich einen Kuchen für Anas Schulfeier backen musste, wollte er helfen. Ich war einverstanden, und wir schoben den Kuchen in den Ofen. Als ich ihn wieder rausholen wollte, ging es nicht. Da ging mir Alvin zur Hand. Letzten Endes war der Kuchen total zerfleddert, kaputt und zerbröselt. Lecker war er trotzdem. Ich verpasste ihm schließlich einen Schokoladenguss, der alles verdeckte.

Später wurde mir klar, dass Alvin und Ana, die beide gerne Kuchen aßen, ihn kurzerhand ausgehöhlt hatten.

37 Olgas Geschichte

Ich traf Olga auf der Feier zum 50. Geburtstag meiner Schülerin. Sie war sehr nett, fröhlich und überglücklich, da ich Portugiesisch spreche und Brasilianerin bin. Während des ganzen Abends waren wir in ein Gespräch vertieft, und sie erzählte mir ihre Geschichte, die ich hier aufschreibe, weil ich sie einfach fantastisch finde.

Olga ist ein in Angola geborenes Mädchen mit portugiesischem Vater und angolanischer Mutter. Sie lebte dort glücklich mit ihren Brüdern. Sie half ihrem Vater bei der Ernte. Im Garten kümmerte sie sich um Tomaten, Gurken, Karotten, Zwiebeln und Schnittlauch. Auf den Feldern wuchsen Kartoffeln, Süßkartoffeln, Kürbisse, Zucchini. Sie half ihrer Mutter bei der Hausarbeit. Sie fütterte die Hühner, Enten und Schweine. Sie ging zur Schule, und wenn sie zurückkam, spielte sie mit ihren Brüdern. Sie hatte ein glückliches Leben. Eines Tages brach in ihrem Land ein Krieg aus. Als einmal der Onkel zu Besuch kam, entschied der Vater aus Angst, dass dem Mädchen im Krieg etwas passieren könnte, dass sie mit dem Onkel nach Portugal zurückkehren sollte. Es war geplant, dass sie einige Zeit bei ihrer Großmutter in Trás-os-Montes verbringen sollte. Als die Großmutter das Mädchen sah, sagte sie: „Du bist nicht meine Enkelin. Du bist ja schwarz, und mein Sohn ist weiß." Da sie sich nicht um das Mädchen kümmern wollte, nahm ihr Onkel sie mit zu seiner Familie. Da er gerade erst geheiratet hatte und bei seiner Schwiegermutter lebte, konnte das Mädchen nur ein Jahr bei ihm bleiben. In dieser Zeit gelang es ihr noch, zur Schule zu gehen.

Da sie keine angolanischen Papiere hatte, um weiter zur Schule gehen zu können, ohne Nachricht von der Familie, verdingte sich Olga als Hausmädchen im Haus einer Dame. Man nannte sie „Pretinha", „kleine Schwarze". Sie half im Haus, kümmerte sich um die Kinder der Familie und litt ungemein.

Sie vermisste ihren Vater, ihre Mutter, ihre Brüder, Angola und das glückliche Leben, das sie einst geführt hatte. Mehrere Jahre verbrachte sie in dieser Agonie, bis sie eines Tages in ein anderes Haus zog, in dem sie respektiert wurde und wo sie dann auch zwanzig Jahre lang lebte. Sie kümmerte sich um das Haus, kochte, wusch, bügelte, putzte und räumte auf. Sie schrieb an ihre Familie – und erhielt keine Antwort. Die Stadt, in der sie lebte, war von den Rebellen angegriffen worden, und sie dachte, dass alle gestorben waren. Mit jedem Brief ohne Antwort schwand die Hoffnung weiter.

Die Mutter der Familie, in der sie lebte, hatte Probleme mit dem Rücken, und eines Tages sagte eine Nichte: „Tante, wenn du gesund werden willst, geh doch mal in diese neue Kirche in Lissabon. Dort heilen sie viele kranke Menschen."

Sie nahmen Olga mit. In der Kirche lernte Olga, die inzwischen bereits eine junge Frau geworden war, einen Jungen aus Angola kennen. Sie war hin und weg, verlobte sich und heiratete ihn schließlich.

Eines Tages fuhr ihr Mann nach Angola, um seinen Vater zu besuchen. Er bemühte sich, Olgas Familie ausfindig zu machen. Alle waren noch am Leben, außer ihrem Vater, der etwa zehn Jahre zuvor verstorben war, und zu Olgas Überraschung hatte sie noch drei weitere Geschwister, die sie noch nicht kannte und die nach ihrer Abreise nach Portugal geboren wurden.

Als ich Olga traf, strahlte sie. Sie wollte Weihnachten mit ihrer Familie verbringen, die sie seit mehr als dreißig Jahren nicht mehr gesehen hatte. Später erfuhr ich von ihrem Mann, dass er ebenfalls zurück nach Angola gehen würde, um bei ihr zu bleiben, sobald er seinen Arbeitsvertrag hier beendet hatte. Seine Frau war in der alten Heimat so glücklich, dass sie nicht mehr nach Deutschland zurückkehren wollte.

38 Die besondere Puppe

Nina und Patricia waren zwei Freundinnen, mit denen ich zusammen Deutsch gelernt habe. Nach einer Weile ließ sich Nina nicht mehr sehen, weil sie schwanger war. Immer, wenn ich Patricia traf, fragte ich sie, wie es Nina geht. Neulich schrieb Patricia mir dann die Geschichte von Ninas Tochter, die ich hier in einer sehr brasilianischen Version schreibe, weil der Trick funktioniert und für alle Mütter unter euch nützlich sein könnte, falls ihr einmal das gleiche Problem haben solltet.

Die kleine Mara ging jeden Tag zu der Zeit zu Bett, als alle Kinder zu Bett gingen – gegen acht Uhr abends. Aber gegen Mitternacht, wenn ihre Eltern tief schliefen, supermüde, nach einem harten Arbeitstag im Büro und zu Hause, kam sie an ihr Bett. Da stand sie nun, um sich zu ihnen zu legen, obwohl sie ihr viele Male gesagt hatten, dass sie in ihrem Bett und in ihrem Zimmer bleiben sollte. Zu allem Überdruss ließ sie sie nicht mehr schlafen, weil sie sich immerzu bewegte und sie schubste. Sie wollte außerdem, dass man ihr Geschichten erzählte und mit ihr spielte. Jede Nacht die gleiche Tragödie, jedes Mal ein Kampf und das Problem, dass niemand mehr richtig schlafen konnte.

Nina und Manuel, die Eltern des Mädchens, versuchten alles, um das Mädchen dazu zu bringen, in seinem Zimmer zu bleiben, aber ohne Erfolg. Eines Tages dann beschlossen sie, diese Situation nicht mehr zu akzeptieren, und ließen ihre Tochter nicht mehr in ihr Zimmer. Das Mädchen schrie so sehr, dass sie schließlich alle Nachbarn aufweckte. Dann wurde die Situation richtig problematisch, denn neben den Eltern, die nicht schliefen, waren nun auch noch die Nachbarn wütend.

Nina sprach mit Patricia, und diese hatte eine fantastische Idee, eine, die einfach funktionieren musste. Sie sagte: „Sprich vor dem Mädchen mit deinem Mann, damit sie sich für das Thema interessiert, aber sprecht nicht direkt mit ihr. Sag, es gäbe eine ganz besondere Puppe, auf die nur wenige Kinder ein Anrecht hätten, weil sie sich sehr gut um sie kümmern müssten. Sie käme von weit her, aus China, sei sehr teuer und eine Puppe, die wirklich wie ein richtiges kleines Mädchen aussehe. Die Puppe sei sehr sensibel und verstehe alles, was ihr Besitzer mit ihr mache. Ihre Mutter müsse sich die ganze Zeit um ihre kleine Tochter kümmern, sonst sei die Puppe nicht zufrieden und ginge fort."

Als sie anfingen, darüber zu sprechen, klebte das Mädchen an ihren Lippen und begann, sich für die Puppe zu interessieren. Dann sprach der Vater: „Aber wirst du dich auch wirklich um die Puppe kümmern?"

„Natürlich mach ich das", sagte Mara.

„Und leistest du ihr auch Gesellschaft, fütterst sie und so weiter?"

„Das werde ich, das werde ich!"

„Aber es gibt nur sehr wenige solcher Puppen, verstehst du? Und außerdem kommen sie von weit her. Und sie kosten sehr viel Geld."

„Also, ich weiß nicht recht ...", sagte Nina.

„Aber ich werde mich um sie kümmern, ganz bestimmt!!", rief das Mädchen euphorisch.

Nachdem sie noch eine Weile hin und her überlegt hatten, beschlossen die Eltern schließlich, die Puppe für Mara zu bestellen.

Nina rief an, und das Mädchen hörte zu, als sie versuchte, noch eine Puppe zu ergattern, und darauf bestand, dass ihre Tochter sehr gut auf die Puppe aufpassen würde.

Mara dachte an den folgenden Tagen pausenlos an die Puppe und wartete auf deren Ankunft. Nina hingegen kaufte eine einfache Puppe in einem Geschäft in der Innenstadt und packte sie in ein Paket, als ob sie per Post gekommen wäre. Schließlich läutete es eines Tages, sie öffneten die Tür, und da war das Paket, das aus China gekommen war. Jemand hatte es vor die Tür gelegt (ein Nachbar, den sie eingeweiht hatten).

Sobald das Mädchen die Puppe sah, glaubte sie, dass es sich um ein ganz besonderes Spielzeug handelte, und liebte sie. Bald schon hob sie sie auf, legte sie auf ihren Schoß und begann mit der Puppe zu reden und zu spielen. Als es an der Zeit war, ins Bett zu gehen, nahm Mara die Puppe mit in ihr Bett – wie vereinbart, denn diese Puppe musste bei ihrer „Mutter" schlafen und war so empfindlich, dass, falls die „Mutter" während der Nacht aufwachte und sie allein lassen würde, die Puppe nicht mehr schlafen könnte und auch ihr Zuhause nicht mehr mögen und schließlich weggehen würde.

In der ersten Nacht funktionierte alles perfekt. Mara blieb die ganze Nacht mit der Puppe in ihrem Bett und in ihrem Zimmer, ohne jemanden zu stören. Am zweiten Abend dasselbe. Ihre Eltern konnten ihr Glück gar nicht fassen!

Doch in der dritten Nacht erschien Mara mit der Puppe unter dem Arm im Zimmer ihrer Eltern. Ihre Mutter erklärte, dass das nicht ginge, und dass die Puppe im Bett des Mädchens und bei ihr schlafen müsse, weil sie eine ganz besondere und sehr brave Puppe sei, die auf keinen Fall in anderen Zimmern und noch weniger in den Zimmern von Erwachsenen schlafen würde. Mara war zunächst skeptisch, ging aber mit der Puppe zurück in ihr Zimmer. Am nächsten Tag hielt sie weiter durch. Einige Tage später erschien sie allerdings wieder im Zimmer ihrer Eltern: „Ich will aber bei euch schlafen!"

„Und die Puppe?"

„Die auch."

„Oh, das geht aber nicht", sagte Nina. „Ich habe am Telefon zugesagt, dass wir uns gut um die Puppe kümmern werden, und jeder weiß, dass sie nicht gerne bei Erwachsenen schläft."

„Okay", sagte das Mädchen.

Am nächsten Morgen, als Mara aufwachte, ging sie sofort zu der Stelle, an der sie die Puppe in ihrem Zimmer abgelegt hatte, aber: Wo war die Puppe?

Sie war weg!

Mara weinte, schrie, brüllte und schimpfte über ihre Puppe. Ihre Mutter erklärte, es tue ihr leid, aber was passiert sei, sei normal, denn jeder wisse, dass diese Puppe etwas ganz Besonderes, sehr Sensibles sei, und dass nur wenige Kinder, die sich wirklich um sie kümmerten, ein Recht auf so ein Geschenk hätten. Da Mara die Puppe nicht gut behandelt hatte, war sie weggegangen.

Das Mädchen dachte den ganzen Tag nach, und nachts erzählte sie ihren Eltern, dass sie beschlossen hatte, die Puppe zurückzurufen, um sich diesmal wirklich gut um sie zu kümmern. Die Mutter sagte, dass sie bezweifle, dass die Puppe in so ein Haus zurückkehren wolle, wo sie so schlecht behandelt worden sei.

Schließlich nahm Nina den Hörer ab und rief erneut in China an, um zu beteuern, dass sich ihre Tochter zum ersten Mal schlecht benommen habe, dass sie aber von nun an wirklich sehr vorsichtig mit der Puppe umgehen und sich so um sie kümmern würde, wie sie es sollte, und sie nie wieder allein in ihrem Bett lassen würde.

Die Puppe kam zurück (in einem Paket, wie beim ersten Mal), und von diesem Tag an schlief das Mädchen in seinem Zimmer und ging nie wieder ins Elternschlafzimmer.

39 Das neue Spielzeug: ein Auto

Letzten Endes habe ich es nun endlich geschafft, am Computer zu sitzen, um diese Geschichte aufzuschreiben. Natürlich gibt es Prioritäten im Leben, und in meinem Leben gibt es besonders viele: Erstens bin ich Hausfrau, zweitens bin ich Mutter, drittens bin ich Klavier- und Portugiesischlehrerin, und schließlich, und das tue ich am liebsten, bin ich Schriftstellerin.

Ich habe diese Geschichte seit Tagen im Kopf und bin froh, dass ich nicht vergessen habe, was ich aufschreiben wollte. Es geht um das neue Spielzeug meines Göttergatten. Er ist sehr glücklich, weil er ein neues Auto gekauft hat. Es war teuer, aber ich denke, es hat sich gelohnt.

Die Autos sind heutzutage nicht mehr mechanisch, sondern besitzen eine Menge Elektronik. Die Scheinwerfer müssen nicht mehr manuell eingeschaltet werden, sondern sie funktionieren automatisch, wenn man sie braucht, weil es einen Sensor gibt. Wenn du den Sicherheitsgurt nicht anlegst, pfeift der Unglücksrabe wie ein Verrückter, so lange, bis du ihn einsteckst.

Da es hier viel schneit und regnet, so stark wie im Amazonasgebiet, schaltet sich der Scheibenwischer automatisch ein, aber ohne deinen Befehl, da er ebenfalls einen Sensor besitzt. Um herauszufinden, wie der Sitz und die Kopfstützen funktionieren, war es notwendig, sich die Bedienungsanleitung anzusehen, denn der Sitz hat eine Heizung, was bei der hiesigen Kälte sehr nützlich ist. Und es funktioniert: Er erwärmt das Heck (das Gesäß) und den Rücken.

Es gibt auch ein Navigationssystem, eine Frau, die ständig redet: rechts abbiegen, links abbiegen, weiterfahren, ich weiß nicht, wie viele Meter und wann man wieder umkehren soll. Daneben gibt es in Deutschland ein Verkehrskontrollsystem, das über Staus informiert, und wenn es eine Verkehrsmeldung gibt, wird das Radio lauter.

Okay, das Radio ist supergut. Wenn eine gewünschte Frequenz nicht verfügbar ist, sucht es sich eine neue Frequenz und informiert darüber. Es gibt auch einen CD-Spieler, und man kann immer gute Musik hören oder die Nachrichten über Dinge, die hier und auf der ganzen Welt passieren.

Das Auto hat außerdem ein Parksystem. Es misst, ob der Parkplatz groß genug für das Auto ist. Es gibt ein Warngeräusch ab, wenn man zu nah vor einem Hindernis ist, und ein anderes Geräusch, wenn es hinten zu knapp wird. Wenn man nicht weiß, wie man parken soll, gibt es einem die notwendigen Anweisungen dafür, damit man perfekt einparkt. Fehlt nur noch, dass es spricht … Moment mal – das tut es ja bereits.

Ich weiß nur, dass mein Mann superzufrieden ist. Jeden Tag, wenn er nach Hause kommt, erzählt er etwas Neues, was das Auto kann, und lächelt dabei über beide Ohren.

40 Die komische Katze

Wir haben eine Katze mit dem Namen „Xuxa", aber manchmal nenne ich sie auch „Miau". Wir können nicht sagen, dass sie eine Katze wie die anderen ist. Sie ist in allem, was sie tut, sehr seltsam: Sie isst nur eine Art von Futter, das nicht das günstigste ist, sie mag gerne „Soße", sie mag kein Huhn, kein Steak, keinen Fisch oder ein Schnitzel oder ein Schweinesteak, also die Reste, die von unserem Mittag- oder Abendessen übrig bleiben. Wenn sie eine brasilianische Katze wäre, würde sie alles fressen: Pasta, Reis, Brot. Sie liebt aber „Pao de Queijo" (Käsebrot). Und sie mag nur frische Milch vom Bauernhof, eine andere akzeptiert sie nicht. Wenn ich ihr das Futter hinstelle, kommt sie und riecht daran, und dann gräbt sie mit ihrer Pfote, als wolle sie es mit Erde bedecken, so, als wollte sie sagen: „Das stinkt und sollte eingegraben werden."

Nach einer Weile wirst du feststellen müssen, meine liebe Katzenfreundin, dass ich dir nichts anderes geben werde. Und wenn du es nicht frisst, wirst du verhungern.

Es fing alles damit an, dass meine Tochter mir sagte, dass sie sich ein Haustier wünscht. Ich stimmte unter der Bedingung zu, dass es in der Schule gut laufen und sie gute Noten bekommen würde. Daraufhin war sie in der Schule supergut, und die Arme wartete ein Jahr lang, bis sie schließlich zum nächsten Geburtstag ein Haustier geschenkt bekam.

Zuerst besprachen wir, welches Tier es sein sollte: ein Hamster, ein Kaninchen, ein Hund oder eine Katze. Für die ersten beiden braucht man einen Käfig, und außerdem war unsere Wohnung sehr klein. Im Winter würde der Käfig die ganze Zeit im Haus stehen, und der Geruch der Hinterlassenschaften der Tierchen würde sich dank Heizung noch verstärken.

Ein Hund kam nicht infrage. Erstens: Wer würde bei Schneestürmen und Kälte spazieren gehen? Zweitens muss man hier in Deutschland Steuern für den Hund zahlen. Drittens muss man für den Hund eine Fahrkarte kaufen (entweder für den Bus, die U-Bahn, die S-Bahn oder die Straßenbahn), zum selben Preis wie für ein Kind. Es gibt hier einen Fahrschein, bei dem ein Erwachsener drei Kinder und einen Hund mitnehmen kann. Ist das nicht ein Schnäppchen?

Also haben wir uns letztendlich für die Katze entschieden. Das Problem war, eine zu finden. Meine Schwiegermutter hat eine, und ich habe meinen

Schwiegervater gebeten, uns eine zu organisieren. Danach fand in der Familie eine Diskussion statt. Er meinte: „Du kannst keine Katze haben, weil du in einer Wohnung lebst. Wenn ich eine Katze vom Bauernhof bekommen würde, wäre das Tier an die Freiheit gewöhnt, und es wäre sehr schlecht für das Tier, seine Freiheit zu verlieren."

Am Ende war es meine Schwägerin, die die Katze beschaffte. Sie hatte eine Freundin, die selbst Katzen besaß und jeden kannte, der darauf aus war, junge Kätzchen abzugeben. Wir haben ein Kätzchen abgeholt, das im April geboren wurde und zwölf Wochen alt war. Eine süße kleine Katze, die eher aussah wie eine außerirdische Katze, weil sie zwei riesige Ohren hatte. Gab es eine Mischung mit Kaninchen? Man weiß ja nie, bei einer Katze aus einem Dorf.

Meine Tochter hatte versprochen, sich um das Haustier zu kümmern, aber letztendlich blieb es natürlich an mir hängen. Ich kümmere mich um sie. Sie ist wie meine dritte Tochter (der Freund meines Mannes hat recht: das letzte Kind hat ein „Fell"), und sie liebt mich, weil ich ihr Essen gebe. Sie folgt mir immerzu durch das Haus. Wenn ich zur Toilette gehe, geht sie mit, und wenn ich in die Küche gehe, ist sie schon hinter mir. Mein Mann reinigt das Katzenklo einmal pro Woche. Die Tochter kümmert sich nur dann um die Katze, wenn wir reisen und wenn sie da ist.

Als die Katze bei uns einzog, war sie noch ruhig. Aber als sie sich eingewöhnt hatte, fuhr sie ihre Krallen aus und entwickelte sich zu einem kleinen Teufel. Sie kletterte die Vorhänge hoch (ich musste sie einrollen), übersäte mein Ledersofa, ein schwarzer Büffel, mit Löchern, sodass es aussah wie ein alter und hässlicher Ochse. Mein Bücherregal, auf das sie sprang, um sich dann hinter den Lautsprechern zu verstecken, hat die Farbe verloren, und im Holz sind eingefurchte Krallenspuren zu sehen.

Wir haben einen Katzenkratzbaum gekauft, aber manchmal geht sie stattdessen zu meinem Sessel, der mittlerweile als Katzenlift dient, weil sie sich unten mit ihren Krallen hochzieht, etwa fünf Zentimeter über dem Boden schwebend.

Meine Bettwäsche wurde löchrig. Ich fragte mich, ob es Motten im Haus gab. Antwort: Es gibt keine Motten, es gibt eine Katze. Sie rennt wie ein kopfloser Verrückter, springt auf das Bett und wieder runter und macht in ihrem Rausch Tausende Löcher ins Betttuch. Es gibt tausend Kratzer, entweder auf den Möbeln oder auf dem Boden, der ebenfalls aus Holz ist.

Zuerst sperrten wir sie im Badezimmer ein, denn wir konnten nicht schlafen, weil sie laut miaute und wie bei einem Formel-1-Rennen hin und her rannte. Der Aufenthalt im Badezimmer weilte nur für kurze Zeit, weil sie feststellte, dass es unten in der Tür einen Lufteinlass gab, und so fing sie an, dort zu kratzen und während der ganzen Nacht einen endlosen Radau zu machen. Die Lösung war, das Tier in die Küche umzuziehen.

Jetzt kratzte sie an der Glasscheibe in der Tür und schaffte es, ein Loch in die Fußleiste in der Nähe der Spüle meiner amerikanischen Küche zu machen. Es war nicht einfach, die Katze in der Nacht einzufangen und sie in die Küche zu bringen. Der einzige Weg war es, den „Laser" zu benutzen, denn sie liebte es, wie eine Verrückte dem kleinen Lichtpunkt nachzulaufen.

Sie lebt ein verstecktes Leben und liebt die Holzkisten unter dem Bett, in denen die Bettwäsche aufbewahrt wird (und natürlich haben meine Laken jetzt nur noch Katzenhaare). Wenn man einen Schrank öffnet, schlüpft die Kreatur unbemerkt hinein. Wenn man es nicht bemerkt, schließt man die Tür und sucht dann den ganzen Tag nach dem Tier. Am Ende findet man sie, weil sie sich durch Miauen bemerkbar macht. Einmal hat sie sich im Pfannenschrank in der Küche versteckt. Ich suchte sie in der ganzen Wohnung. Als ich die Küche betrat, hörte ich ein Miauen von ganz weit weg. Ich öffnete alle Türen der Schränke und sie sprang heraus.

Wenn ich die Haustüre öffne, springt sie raus und läuft die Treppe hinauf, die sich gleich neben der Haustüre befindet. Sie läuft in den fünften Stock, und ich laufe hinterher (ich wohne im zweiten Stock, und glücklicherweise hat das Gebäude nur fünf Stockwerke).

Einmal merkte ich nicht, dass sie zur Türe heraussprang. Sie verbrachte zwei Stunden draußen. Ich machte mich verzweifelt auf die Suche nach meiner Katze und dachte nicht daran, dass sie draußen sein könnte. Als ich in die Nähe der Eingangstüre kam, hörte ich ein Miauen. Ich ging hinaus und stieg die Treppe hoch. Und da war sie, vor der Wohnungstüre im Stockwerk über meiner Wohnung, und kratzte an der Wohnungstüre. Sie hatte sich im Stockwerk geirrt.

Sie beschwert sich darüber, wenn man sie irgendwo runterschickt, und macht dabei ein „Grummeln". Sie versteht auf Portugiesisch „sai dai" („Raus"). Ich denke, dass sie meint, dass das ihr Vorname ist. Sie ist eine komische Katze, oder vielmehr ein Snob, und versteht ebenfalls zwei Sprachen.

An einem Tag, als es sehr heiß war, öffneten wir alle Fenster und Balkontüren. Der hintere Balkon liegt direkt neben dem unseres Nachbarn. Die Katze sprang rüber und blieb dort. Sie kam nicht mehr zurück, nicht einmal nach Einsatz des „Lasers". Sie dachte, wir spielen mit ihr. Sie streckte die Pfote rüber, und als wir versuchten, sie einzufangen, lief sie weg und fing an, an der Balkontüre des Nachbarn zu kratzen und zu miauen. Dieses Spiel ging dann bis 02:30 Uhr morgens. Wir waren sehr müde und mussten am nächsten Tag sehr früh aufstehen, um zu arbeiten. Also gaben wir auf. Gegen 04:30 Uhr sprang die Katze im Bett auf mich drauf. Ich lief zur Balkontüre, schloss sie und erklärte die Jagd nach der Katze für beendet.

Das Gute ist, dass es auf meinem Balkon keine Tauben gibt. Es gibt hier sehr viele Tauben, und sie verunreinigen die Balkone sehr stark. Eines Tages sah ich eine Taube, fing die Katze ein, zeigte sie der Taube und sagte zu ihr: „Schau mal, was ich für dich habe." Die Taube flog weg. Meine Nachbarin installierte ein Taubennetz am Balkon. Ich sagte zu ihr: „Es ist besser, kein Taubennetz zu installieren, sondern eine Katze anzuschaffen, weil die Tauben es dann nicht wagen, auf dem Balkon aufzutauchen."

Xuxa ist eine sehr beliebte Katze. Nicht nur unsere Familie mag sie, auch die Klavierschüler und die Nachbarin, die manchmal den Babysitter für die Katze spielt, wenn wir verreisen – alle mögen sie.

41 Meine deutsche Mutter

Meine Schwiegermutter war wie eine Mutter für mich. Sie war eine erstaunliche Person. Als sie uns zum ersten Mal besuchte, brachte sie Blumen mit und fragte mich: „Hast du eine Vase?" Ich verneinte. „Jetzt hast du eine." Sie öffnete ihre Tasche und nahm eine heraus.

Als Weihnachten nahte, fragte sie mich nach meinem Geschenkwunsch. Ich sagte: „ein Klavier", und sie meinte, ich solle nach einem suchen. Ich suchte eins, und sie schenkte es mir.

Ich konnte ihr nicht sagen, dass mir kalt war. Als ich es das erste Mal sagte, kaufte sie mir sofort eine Decke. Als ich es zum zweiten Mal erwähnte, schenkte sie mir eine andere Decke. Also sprach ich nicht mehr darüber, sonst hätte ich noch eine dritte Decke geschenkt bekommen.

Sie schenkte mir einen Topf. Einmal fiel der Topf herunter, und die Griffe brachen ab, zuerst auf der einen Seite und dann auf der anderen. Ich nahm den Topf mit, als ich sie besuchte, und fragte, ob ich ihn reparieren lassen könnte. Sie sagte, ich solle ihn dort lassen und wir würden dann schon sehen, was möglich sei. Zwei Wochen später rief sie mich an und teilte mir mit, ich solle den Topf abholen. Als ich dort ankam, hatte sie den kaputten Topf jedoch nicht repariert, sondern zwei neue besorgt.

Sie sagte immer, dass ihr Mann der „Chef" sei, aber in Wirklichkeit war sie die große Organisatorin. Als er einmal verreist war, rief sie an und lud alle zu einer Party ein: Es gab ein richtiges Bankett, sie hatte wunderbar gekocht.

Sie brachte mir bei, Weihnachten zu lieben. Sie kaufte viele Geschenke für alle in der Familie und bereitete eine köstliche Gans zu, und sie buk Weihnachtsplätzchen und Lebkuchen (eine Art Honigbrot, eine deutsche Weihnachtsspezialität).

Sie liebte den Kater, wenn sie „Schwarzer Peter" mit ihren Enkeln spielte (ein Kartenspiel, bei dem man Paare bilden muss, z. B. Hund mit Hund, Ente mit Ente und so weiter). Sie wollte, dass sie am Ende den schwarzen Kater in der Hand behielt, auch wenn sie dann verlor.

Sie verließ ihr Haus nie mit leeren Händen und brachte immer etwas nach mit, wenn sie zu uns nach München kam.

Leider ist sie verstorben. Sie hinterlässt eine große Familie, und wir vermissen sie. Jetzt, an ihrem Geburtstag, trafen wir uns alle wieder, um zu feiern, dass sie existiert hatte und ein wunderbarer Mensch gewesen war.

42 Dein Glück versus mein Glück

Liebe Anabela,

ich weiß, dass du wütend auf mich bist, ich weiß, dass du mich hasst und dass du nicht mit mir reden willst, weil ich dich unglücklich gemacht habe. Ich verstehe auch, dass ich keine gute Mutter für dich war. Ich habe viele Fehler gemacht und selten alles richtig; niemand ist perfekt. Vielleicht war ich sehr gemein zu dir. Statt Mutter zu sein, war ich eine schlechte Stiefmutter.

Ich war sehr jung, ich hatte keine Erfahrung und kannte nur das, was ich von meinem Vater gelernt hatte. Er schlug mich und bekam regelmäßig Tobsuchtsanfälle. Ich habe festgestellt, dass die meisten Menschen in den meisten Fällen das machen, was ihre Eltern gemacht haben, selbst wenn sie das, was vorher mit ihnen gemacht wurde, hassen. So auch ich, verzeih mir.

Ich ging aus Brasilien weg, weil ich dort sehr unglücklich war, mich selbst nicht wirklich kannte und völlig verloren war. Abgesehen davon wollten mich alle dazu bringen, das zu tun, was ich nicht tun wollte. Ich wollte auch nicht mehr dort arbeiten, mit so viel Stress und miserabler Bezahlung. Deinen Unterhalt brauchte ich, um zu überleben. Ich wusste, dass es eines Tages enden und was aus mir werden würde.

Nach Deutschland zu gehen, war die Lösung. Ich konnte viel mehr verdienen, selbst als Putzfrau, und konnte überleben. Ich war frei und konnte tun und lassen, was ich wollte. Zudem verstand ich die Sprache und das, was die Leute sagten, nicht, und das war gut so. Die fehlende Kommunikation bedeutete eine große Stille, Frieden und Ruhe.

Ich weiß, dass du Brasilien liebst und dass du wirklich alles bekommen hast, was du wolltest: deinen Sohn, deinen Job und deine Wohnung. Ihr seid dort glücklich.

Ich bin hier glücklich – ich habe auch alles bekommen, was ich wollte: einen Job, eine Wohnung, finanzielle Stabilität und andere Dinge. Aber für all das habe ich hart kämpfen müssen (Erlernen der Sprache, Arbeitssuche, schließlich das Leben in einem Land mit anderen Regeln und Sitten).

Wenn ich nach Brasilien gehe, fühle ich mich wie ein gestrandeter Fisch. Es ist alles sehr kompliziert, vom U-Bahn-Ticketautomaten bis zum Bankautomaten. Ich passe mich nicht wieder an. Früher dachte ich, dass ich wieder nach Brasilien zurückkehren würde, wenn ich einmal in Rente sein werde. Jetzt denke ich anders.

Brasilien eignet sich hervorragend für Ferien, die Natur ist wunderbar, das Essen ist ausgezeichnet und die Menschen sind viel netter als die Deutschen. Ich habe viel von den Deutschen gelernt: Ich bin nicht mehr so explosiv, und bevor ich etwas tue, denke ich nach. Zum anderen stelle ich immer das Emotionale hinten und das Rationale vorne an. So hat man viel weniger Probleme und lebt viel besser.

Ich wäre dir wirklich gerne eine gute Freundin, da ich keine gute Mutter sein konnte und du mir die Möglichkeit gegeben hast, wenigstens ein wenig Kontakt zu haben.

Alles Liebe,

Dora

43 Die Reise nach Japan

Ich habe eine Freundin namens Akimi, die Japanerin ist. Wir haben uns am Goethe-Institut kennengelernt, wo wir beide Deutsch gelernt haben.

Einmal rief ich sie an, um sie zu einer Party einzuladen. Sie war allerdings an einer Grippe erkrankt, die mit einem sehr starken Fieber einherging. Ich fragte sie, ob sie etwas bräuchte. Sie verneinte, aber durch diesen Kontakt wurden wir Freunde.

Sie lebte zwei Jahre lang in München. In unserer Klasse gab es einen sehr verrückten Franzosen. Stellt euch vor, er hatte einen sehr alten Citroën, den man hier „Ente" nennt. Eines Tages kollidierte er mit einer Straßenbahn und behauptete, es wäre nicht seine Schuld gewesen, sondern die Schuld des Straßenbahnfahrers, weil dieser nicht ausgewichen sei. Ich frage mich bis heute, wie eine Straßenbahn, die nur auf den Schienen fahren kann, ausweichen soll.

Er interessierte sich für meine Freundin und verabredete sich mit ihr. Als der Kurs beendet war, kehrte der Franzose nach Paris zurück und nahm meine Freundin mit. Nachdem zwei Jahre vergangen waren, hatte er sie noch immer nicht geheiratet und hatte es auch zukünftig nicht vor. Weil sie als Japanerin keine Aufenthaltsgenehmigung in Frankreich hatte, musste sie nach Japan zurückkehren, aber vorher verbrachte sie noch ein paar Tage bei uns in München.

Wir wollten sie besuchen, und unsere Reise nach Japan begann in Moskau. Wir kauften die günstigsten Tickets bei Aeroflot, einer russischen Fluggesellschaft. Für Russland benötigten wir ein Visum, das ziemlich teuer war, aber ohne kommt man nicht ins Land.

Als wir in Moskau angekommen waren, nahmen wir uns ein privates Taxi, das wir bereits im Internet vorbestellt hatten. Der Fahrer war nett und sprach Englisch. Er brachte uns zu unserem Hotel, das nicht sehr komfortabel war, und uns empfing eine unfreundliche Dame an der Rezeption. Wir besuchten den Kreml, um die Kirchen und den Palast zu besichtigen. Wir sahen Lenins Mausoleum, aber wir stellten uns nicht in die Warteschlange. Wir gingen zur schönen Basilius-Kathedrale und aßen zum Schluss beim russischen McDonald's.

Bei der Ausreise befanden sich in unseren Reisepässen Papiere der Immigration. Die Dame der Einwanderungsbehörde entfernte diese Papiere aus meinem Pass, nicht aber aus dem meines Mannes. Wir versuchten zu fragen, ob ich die Zettel nicht besser behalten sollte, und prompt begann sie auf Russisch zu schreien. Da wir kein Russisch verstanden, ließen wir das Papier schließlich weg.

Es ist eine lange Reise von Moskau nach Tokio, und die beiden Länder sind völlig gegensätzlich. Da waren zuerst die Strenge und Unfreundlichkeit der Russen und dann, ganz anders, die Höflichkeit und Liebenswürdigkeit der Japaner. Der Flughafen war sehr sauber und wir wurden bei der Einwanderung sehr nett behandelt.

Wir kamen zwei Stunden zu spät an. Trotzdem wartete meine Freundin mit ihrem Vater auf uns, um uns mit dem Auto zu ihnen nach Hause zu bringen. Sie lebten in Chiba-Ken, östlich von Tokio, ca. 45 Minuten mit dem Zug von Tokio entfernt.

Das Haus war aus Holz gebaut und hatte Papierfenster. Der Boden war mit Tatami ausgelegt. Man musste die Schuhe an der Haustüre ausziehen. Der Wohnraum im unteren Stockwerk hatte Klimaanlage, TV und einen kleinen Tisch, aber es gab kein Sofa, nur Kissen auf dem Boden. Es gab das Schlafzimmer der Eltern meiner Freundin und die Wohnküche (darin stand ein Tisch mit vier Stühlen). Und da war die Toilette mit einem supermodernen elektrischen Toilettensitz voller Knöpfe, auf dem man sich, je nach Bedürfnis, die Vorder- und Rückseite waschen konnte. Natürlich war alles auf Japanisch beschrieben, und deshalb konnten wir die Funktion nicht nutzen. Die Dusche im Badezimmer war sehr interessant. Man musste auf einem Hocker sitzen, weil der Schlauch zu kurz war, um zu stehen. Die Badewanne durfte nur benutzt werden, wenn man sich vorher in der Dusche mit Seife gewaschen hatte. Im Obergeschoss gab es zwei Zimmer. Wir wohnten im Zimmer des Bruders meiner Freundin. Akimis Zimmer hatte ein richtiges Bett, und es gab eine japanische Toilette. Die Toilette war eine Wanne im Boden. Es war sehr kompliziert, sie zu benutzen, weil man in die Hocke gehen musste. In der Toilette musste man spezielle Pantoffel benutzen. Clara vergaß jedes Mal, die Schuhe zurückzutauschen, und kam mit den Toilettenpantoffeln aus der Toilette heraus. Wir schliefen auf Futon-Matratzen. In den ersten drei Tagen hatten wir damit aufgrund der der Zeitzonenumstellung und der daraus resultierenden Müdigkeit keine Probleme, aber irgendwann fühlte es sich superhart an und die Knochen und der Körper schmerzten.

Akimis Mutter war eine liebenswerte Person. Sie mochte Clara und spielte den Babysitter. Ich weiß nicht, wie sie die ganze Zeit miteinander kommunizierten. Ich weiß nur, dass sie zusammen gespielt, gezeichnet und ge-scherzt haben. Clara spricht nur Deutsch und Portugiesisch, und Akimis Mutter spricht nur Japanisch.

Als wir einmal das Haus zusammen verließen, fragte sie auf Japanisch, wo wir hinwollten. Damit sie es verstehen konnte, ahmte ich das Geräusch und die Bewegung eines Zuges nach, denn wir wollten den Zug nehmen. Sie verstand, nahm das Fahrrad, stellte unsere Taschen darauf und ging mit uns zum Bahnhof.

Ich lernte ein paar Wörter auf Japanisch: Ohayo (Guten Morgen), Arigato (Danke), Sayonara (Auf Wiedersehen), Mizu (Wasser). Es war sehr heiß. Der Sommer in Japan ist sehr heiß und feucht und erinnert ein wenig an Rio de Janeiro.

Meine Freundin war sehr glücklich über unseren Besuch. Aus diesem Grund hatte sie ein Feuerwerk gekauft, das sie vor dem Haus zündete. Clara fand großen Gefallen daran. Mein Mann meinte, sie sollte das Feu-erwerk zünden, nachdem wir abgereist seien, denn es wäre ein Grund zu feiern, wenn sie die Eindringlinge wieder los wäre.

Am zweiten Tag fuhren wir nach Tokio und besuchten dort alles Mögliche. Tokio ist sehr groß, und es gibt viele Menschen, die Fußgängerübergänge sind total verrückt, der Zug ist immer voll und die Leute schlafen manchmal im Stehen. Die Japaner sind superorganisiert. Sie stehen in Schlangen an, um in den Zug einzusteigen, und er hält genau dort an, wo eine Markierung auf dem Boden gezeichnet ist.

Wir besuchten das Rathaus, den Garten des Kaisers, aber nicht sein Haus, wir sahen die Tempel, die Märkte und die Einkaufszentren. In Letzterem gibt es auch einen Gastronomiebereich, wo kostenlose Kostproben ange-boten werden. Ich probierte alles und kaufte nichts, typisch für Brasilianer.

Am dritten Tag nahmen wir den Shinkansen-Zug nach Kyoto und buchten ein Ryokan (japanisches Hotel). Als wir im Ryokan ankamen, gab es dort Hunde (ich habe ein Problem mit Hunden, weil ich fünfmal von einem Hund gebissen wurde), und deswegen war ich ziemlich nervös. Wir ließen unsere Taschen dort und gingen spazieren. Ich sagte zu meinem Mann: „Lass uns zur Touristeninformation gehen, um zu sehen, ob es ein Hotel im Zentrum der Stadt gibt, wo es keine Hunde gibt, ich nicht nervös werde und wo wir nicht auf dem Boden schlafen müssen."

Sie hatten supergünstige Hotelangebote. Wir haben ein Viersternehotel für drei Tage gebucht, und der Preis war der gleiche wie bei dem Ryokan, und außerdem konnte Clara dort kostenlos wohnen. Wir gingen zurück zum Ryokan und holten unsere Taschen ab. Wir begründeten die Abreise damit, dass wir nach Tokio zurückkehren müssten, weil ich Allergien in meinen Beinen hatte. Und das war auch wahr. Sie waren superrot mit Hitzeausschlag, weil es so heiß war. Dann waren wir in einem Viersternehotel. Superschick. Als sie uns das Zimmer zeigten, waren wir sofort begeistert von der Klimaanlage und zwei richtigen Betten. Wir schalteten die Klimaanlage ein, fielen erschöpft in die Betten, weil wir so fertig waren, und wachten erst fünf Stunden später wieder auf.

Es gab kein Frühstück, aber es gab einen Kühlschrank und einen Wasserkocher für Tee oder Kaffee. Ich hatte die Idee, in den Supermarkt zu gehen, um Milch, Müsli für Clara, Brot, Butter und Marmelade zu kaufen. Das größte Problem hatte ich beim Kaufen der Milch. Alles war auf Japanisch geschrieben. Es gab nur eine Verpackung, auf der eine Kuh abgebildet war. Also konnte nur das die Milch sein, und ich hatte recht. Also machten wir unser Frühstück in dem perfekt funktionierenden Raum, und darüber hinaus schoben sie jeden Tag noch eine US-amerikanische Zeitung unter der Tür durch.

Die Stadt war sehr schön. Sie hatte verschiedene Tempel, die wir alle besuchten. Vor jedem Tempel gab es immer Wasser zu trinken. Ich hatte ja die Allergie an den Beinen. Um das Jucken zu mildern, kühlte ich meine Beine mit dem Wasser, anstatt es zu trinken. Wir gingen auch in den Zoo und machten einen Ausflug nach Nara.

Wir kamen in Hiroshima an dem Tag an, an dem man sich an die Zerstörung durch die Atombombe und die vielen Toten erinnerte. Es war eine sehr schöne und traurige Zeremonie.

Wir waren in Miyajima, auf der Insel mit einem schönen Tempel, und es gibt dort ein berühmtes Aquarium. Es war schwierig, Clara im Restaurant das Essen mit Essstäbchen zu geben, denn es gab keine Gabeln.

Wir beschlossen, früher nach Tokio zurückzukehren und in Kamakura vorbeizuschauen, um den Buddha anzusehen. Wir wollten das Zugticket für die Rückfahrt ändern und gingen zum Bahnhof. Aber frage niemals einen Japaner, ob er eine andere Sprache spricht. Er wird immer Nein sagen, weil er Angst davor hat, nicht perfekt sprechen zu können. Wir fragten also den Mann an der Theke, ob er Englisch sprechen kann, und natürlich sagte er, dass er es nicht könne. Wir haben uns angesehen und fragten uns, was wir jetzt machen sollten. Dann fragte uns der Mann auf Englisch, was wir wollten. Wir erklärten, dass wir das Ticket für den Nachmittag auf den Morgen ändern wollten. Somit hätten wir noch Zeit, uns den Buddha in Kamakura anzusehen.

Bei unserer Rückkehr warteten bereits die Mutter und der Vater meiner Freundin auf uns am Bahnhof, um uns nach Hause zu bringen. Sie waren sehr besorgt, weil meine Freundin in den Ryokans angerufen hatte und wir dort nicht zugegen gewesen waren.

Wir besuchten noch Chiba und Narita. Da es an einem heißen Tag nichts Besseres gibt als ein Schwimmbad, gingen wir an diesem Tag mit Clara zum Baden. Sehr interessant ist, dass der Pool nur einen Meter tief ist, sodass niemand ertrinken kann. Von Zeit zu Zeit pfeift der Bademeister, und alle verlassen den Pool. Wir sind geblieben, aber dann signalisierte er uns, dass auch wir das Wasser verlassen sollten. Auf der Rutsche durfte Clara nicht alleine rutschen. Ich musste mitgehen und mit ihr gemeinsam rutschen.

Der Bruder meiner Freundin fuhr mit uns zum Fuji-san (der Vulkan). Zuerst kamen wir in einen riesigen Stau von vier Stunden. Die normale Fahrzeit hätte zwei Stunden betragen, und als wir ankamen, regnete es und es war neblig. Es war nicht möglich, irgendetwas zu sehen. Also besuchten wir eine Eishöhle und machten mit dem Regenschirm einen kleinen Spaziergang im Park. Der Bruder meiner Freundin lud uns anschließend in ein Restaurant ein. Es war supercool. Man musste nicht auf dem Boden sitzen, denn es gab Löcher im Boden, in die man die Beine hineinstecken konnte. Das Essen war großartig, aber die beste Köchin, die ich je getroffen habe, war die Mutter meiner Freundin. Sie hat das Abendessen immer zu einem wirklich leckeren Menü gemacht. Und das Essen in Japan ist superbekömmlich (sehr leicht).

Schließlich brachte der Vater meiner Freundin uns zum Flughafen. Nach zwei Wochen nahmen wir wieder die Aeroflot nach Moskau. Wir hatten ein Hotel in der Nähe des Flughafens gebucht, weil wir nachts ankommen und morgens wieder früh abreisen sollten. Aber als wir dort ankamen, gab es keine Reservierung. Niemand konnte uns eine Erklärung dafür geben, warum die Reservierung nicht mehr aufzufinden war. Die Empfangsdame sprach nur Russisch und schickte uns zu einem anderen Hotel auf der anderen Straßenseite. Es war sehr teuer, aber was sollten wir tun? Also zahlten wir das Zimmer mit der Kreditkarte.

Nach dem Frühstück machten wir uns auf den Weg zum Flughafen. Als wir dort ankamen, sahen wir auf der Anzeigetafel, dass sich unser Flug verspäten würde. Vom Flughafenfenster aus konnten wir ein großes Flugzeug sehen. Die Triebwerkshaube war geöffnet, und jemand reparierte die Turbine auf einer Leiter. Zwei Stunden später rief man uns zum Einchecken. Wir waren geschockt, als wir sahen, dass sie uns zu dem Flugzeug brachten, das zuvor repariert worden war. Mein Mann meinte, wir könnten hierbleiben und stattdessen ein Ticket bei der Lufthansa kaufen. Ich sagte, wenn die Russen einen Mann in den Weltraum bringen können, können sie uns auch nach Hause bringen.

Das Essen im Flugzeug war schrecklich. Es roch schlecht, aber wenn man hungrig ist, isst man alles. Aber immerhin war der schwarze Tee sehr lecker. Das Flugzeug war riesig. Es war genauso breit wie hoch. Im Flur befanden sich zwei Karren mit Speisen und Getränken. In München angekommen wurde das Flugzeug auf dem am weitesten entfernten Stellplatz des Flughafens abgestellt. Aber immerhin lebten wir noch.

Am nächsten Tag hatten wir Magen-Darm-Probleme. Ich denke, die waren verursacht durch das schlechte Essen im Flugzeug.

44 Die Maschinen meiner Zeit

Ich liebe Maschinen. Ich habe viele Maschinen zu Hause, und mein erster und bester Freund ist der Geschirrspüler. Der zweite ist die Waschmaschine. Ohne sie bin ich ein Niemand, ich bin faul und weiß nicht mehr, wie man Geschirr oder Kleidung mit der Hand wäscht. Es gibt nur ein Problem: Sie piepen, wenn sie fertig sind.

Aber auch andere Geräte pfeifen vor sich hin: die Kaffeemaschine, die Mikrowelle und der Trockner. Wenn ich sie alle in Betrieb nehme, ist es am Ende ein Pfeifkonzert. Nur gut, dass sie verschiedene Pfeiftöne haben, sonst würde ich verrückt werden, wenn ich herausfinden müsste, welche Maschine gerade piepst.

Und natürlich habe ich noch weitere Maschinen; die Brotschneidemaschine, den Toaster, den Mixer, die Sandwichmaschine, die Waffelmaschine und die Fritteuse, die ich allerdings kaum benutze.

Ich habe auch Gerätschaften, um Milchschaum und Cappuccino zu machen, einen elektrischen Grill, eine Zahnbürste und eine Rücken- und Nackenheizung, gegen meine Schmerzen. Die kann ich im Winter sogar als Decke verwenden.

Neben dem Fernseher haben wir einen Rekorder, einen Blu-Ray-Rekorder, der spielt CDs, DVDs und nimmt sogar auf, gleichzeitig kann man Filme anschauen. Die Stereoanlage verfügt über ein Radio, einen CD-, einen Kassetten- und einen Plattenspieler, die zwar alt sind, aber noch immer funktionieren. Das Videokassettengerät ist kaputt, aber wir haben noch einige Videos.

Der Staubsauger kommt im ganzen Haus zum Einsatz, sogar im Badezimmer und auf den Ablagen. Meine Tochter hat Geräte zum Lockendrehen und Epilieren, aber das tut höllisch weh. Der Göttergatte hat einen Rasierer, den er aber nicht benutzt, weil er die Gesichtshaut zu sehr reizt.

Um zu arbeiten, haben wir einen Computer für alle im Wohnzimmer stehen. Ich bin allerdings der Ansicht, dass er mir allein gehört. Ich habe ein Tablet, nur um Bücher zu lesen. Unsere Tochter hat ein Notebook, und der Göttergatte bringt seinen Arbeitscomputer jeden Donnerstag von der Arbeit mit nach Hause, um von zu Hause aus zu arbeiten.

Ich benutze ständig Drucker, Kopierer und Scanner. Ganz zu schweigen vom Telefon mit Anrufbeantworter und meinem Handy, einem Smartphone. Ohne mein Handy wäre ich komplett aufgeschmissen.

Ich weiß nur, dass ich ohne diese großartigen Geräte weder leben noch arbeiten könnte. Vielen Dank an die Erfinder, die diese wunderbaren Maschinen gebaut haben!

45 Handy-Panik

Heute lebt niemand mehr ohne sein Smartphone. Wenn man es zu Hause oder anderswo vergisst, kommt das einer wahren Katastrophe gleich. Schlimmer noch, wenn es verloren geht oder gestohlen wird.

Es gibt Leute, die haben Panikattacken – ich habe „Handy-Attacken".

Neulich hat mein Handy seine PIN blockiert und ich wollte sie wiederherstellen. Mein Handy ist neu, und ich hatte vergessen, mir die PIN zu merken. Ich geriet in Panik, konnte ich doch weder einen Anruf erhalten noch WhatsApp verwenden. Die Verzweiflung war groß. Mein Leben findet zu neunzig Prozent am Handy statt, meine Portugiesisch- und Klavierschüler, meine Familie in Brasilien und Kipfenberg, zwei Freundinnen und mein Bruder in den Vereinigten Staaten, meine in ganz Brasilien verstreuten Freundinnen. Ich verbringe den gesamten Tag damit, mit Gott und der Welt zu kommunizieren.

Ich wurde nervös, ich durfte keinesfalls den falschen Code eingeben, denn nach drei Versuchen wird das Handy gesperrt, und das wäre der Super-GAU. Ich stürmte nach Hause, suchte wie eine Verrückte überall nach der Nummer, nahm alles aus der Dokumentenschublade, schaute Papier für Papier durch – nichts. Danach nahm ich mir die Dokumentenmappe vor, schaute mir Dokument für Dokument an, aber keine Spur von der Nummer. Ich wusste, dass der Göttergatte sie haben musste. Er hatte schließlich die Güte gehabt, alle Daten vom alten auf das neue Handy zu übertragen. Anschließend hatte er zwei Tage damit verbracht, mir alles beizubringen.

Die letzte Option war, den Göttergatten in der Arbeit anzurufen, aber wie war noch gleich die Nummer? Die war auf dem Handy gespeichert. Zum Glück habe ich noch ein kleines Telefonbuch, und darin hatte ich die Nummer notiert. Ich rief sofort an und entschuldigte mich, dass ich auf dem Firmenhandy anrief, denn das ist eigentlich nicht gerne gesehen.

Der Gute hatte die Nummer zwar nicht, aber er konnte auf dem Computer nachsehen, wenn ich ihm meine E-Mail und mein Passwort gab, was kein Problem war. In wenigen Minuten fand er den Code. Ich gab ihn auf dem Handy ein, und alles funktionierte wieder. Was für eine Erleichterung! Jetzt habe ich den PIN-Code an drei verschiedenen Stellen deponiert, damit ich nie wieder in dieselbe Panik gerate.

46 Der Scharlatan

Dort, wo ich wohne, gibt es mehrere Ärzte. Der Allgemeinmediziner ist mein Nachbar im Obergeschoss, und wenn ich gesundheitliche Probleme hatte, ging ich zu ihm. In mancher Hinsicht arbeitete er gut, aber oft ließ er zu wünschen übrig. Er hatte verrückte Ideen. Aufgrund meiner Schilddrüsenprobleme sagte er mir, dass ich keinen Fisch essen solle. Das ist doch die Höhe!

Einmal trafen wir ihn in der Tiefgarage und er bot dem Göttergatten Viagra an. Stellt euch das mal vor!

Die älteste Tochter kam uns besuchen, reiste weiter nach Griechenland und fing sich dort einen Virus ein. Sie hatte Fieber und Ganglien am ganzen Körper. Wir gingen zu ihm, und er sagte, dass sie das Papageienfieber habe. Dabei gibt es in Griechenland doch gar keine Papageien. Sie hatte im Haus eines Freundes übernachtet, der ein paar Sittiche hatte. Sollte sie die aus dem Käfig genommen und sich angesteckt haben?!

Wir fingen uns jedenfalls alle eine deftige Grippe ein. Zuerst meine Tochter, um die ich mich gekümmert hatte, und als sie fast gesund war, war ich an der Reihe, und zuletzt der Göttergatte. Er brauchte ein ärztliches Attest für die Arbeit. Als er bei unserem Nachbarn, dem Arzt, nachfragte, sagte dieser, er wisse nicht, was er habe.

Stellt euch das mal vor, die einfachste Diagnose, die ich kenne: Fieber, Husten, laufende Nase, Hals- und Gliederschmerzen: Das kann nur eine Grippe sein. Er nahm dem Göttergatten einfach Blut ab, und der fiel in Ohnmacht, weil er sehr schwach war und mehrere Tage lang nichts gegessen hatte. Er kam total weiß nach Hause, erzählte mir, was passiert war, und ich meinte: „Zu diesem Scharlatan gehen wir nicht mehr!"

47 Der Übersetzer Amor – sag „Ja" und lächle

Ich habe eine Freundin namens Celina. Sie ist supernett, fröhlich, munter und positiv. Die Geschichte, wie wir Freundinnen wurden, ist sehr interessant.

Ich platzierte unten am Eingang meines Gebäudes eine Anzeige, dass ich Portugiesischunterricht gebe. Mein Nachbar kam zu mir und fragte mich, ob ich Briefe aus dem Portugiesischen ins Deutsche übersetzen könne und auch umgekehrt vom Deutschen ins Portugiesische. Es war gutes Geld, fünf Mark pro Brief. Ich sagte Ja und begann zu arbeiten. Er war in Brasilien gewesen und hatte eine Brasilianerin kennengelernt, und um miteinander zu kommunizieren, schrieben sie sich Briefe.

Er brachte mir die Briefe und ich übersetzte. Natürlich fügte ich romantische Dinge hinzu: „Ich mag dich", „Ich liebe dich", „Ich vermisse dich", „Ich sterbe vor Sehnsucht nach Dir", „Du bist mein Liebling", „Du bist die Liebe meines Lebens" und so weiter.

Celia war begeistert vom „Sauerkraut", so nannte sie ihn, und nach einer Weile kam sie nach Deutschland, um ihn zu besuchen. Und so lernten wir uns kennen. Danach kehrte sie wieder nach Brasilien zurück. Die Sache erwärmte sich immer mehr, bis sie sich schließlich entschieden, zu heiraten. Sie kam mit ihrem Sohn, den Koffern und Jeans in Deutschland an. Ich war ihre Trauzeugin, und die Hochzeitsfeier war großartig.

Celia lernte ihren „Sauerkraut" täglich besser kennen und merkte, dass er in Wahrheit nicht dieser romantische Schreiber war, denn eigentlich war ja ich der „Amor" gewesen.

Nach der Heirat suchte sie einen Job, allerdings sprach sie kein Deutsch. Ich habe schon immer gerne Leuten bei der Suche nach einem Job geholfen. Also durchsuchten wir die Stellenanzeigen in den Zeitungen. Dann kam mir die Idee, mich am Telefon für sie auszugeben. So konnte ich für sie sprechen, ohne dass jemand etwas bemerkte. Eine Dame war auf der Suche nach einer Person, die die Räume einer Bank reinigen sollte. Sie war einverstanden und wir vereinbarten einen Termin für ein Vorstellungsgespräch.

Zum Vorstellungsgespräch gingen wir zusammen, Celina mit ihrem Sohn und ich mit meiner Tochter. Die Dame erwartete uns vor der Bank. Ich sagte zu Celina, sie solle das tun, was ich bei meiner ersten Jobsuche in Deutschland getan hatte: zu allem, was gesagt oder gefragt werde, „Ja" zu sagen, und immer zu lächeln.

Womit wir nicht gerechnet hatten, war, dass die Dame sagen würde, dass sie und Celina in die Büros der Bank gehen würden und ich mit den Kindern draußen warten sollte.

Danach nahm alles seinen Lauf. Aber Celina hatte sehr viel Glück. Die Dame mochte sie. Ich weiß heute noch nicht, was sie alles besprochen haben. Aber Tatsache ist, dass Celina einen neuen Job hatte, als sie wieder aus der Bank herauskam.

48 Dr. Eisenbart

In meinem Gebäude gibt es mehrere Ärzte, im ersten Stock befinden sich der Zahnarzt und der Orthopäde. Ich nahm ihre Dienste mehrmals in Anspruch, weil ich verschiedene Probleme hatte: Ich hatte Schmerzen in der linken Schulter, weil ich in der Post arbeitete und viele schwere Pakete tragen musste. Außerdem macht mein rechter Ellbogen Probleme, was man hier „Tennisarm" nennt (vielleicht, weil das sonst nur Tennisspieler haben), da ich die Briefe manuell sortieren musste. Es dauerte fast zwei Jahre, bis ich wieder gesund war. Ich ging zu mehreren Ärzten, nahm eine Menge Medikamente ein, und eines Tages, ohne zu wissen, warum, war ich wieder fit.

Ich hatte auch Schmerzen im rechten Knie; mit der linken Ferse (Sporn) war nach einer Weile wieder alles in Ordnung. Einmal hatte ich sehr starke Ischiasschmerzen, ich konnte nicht mehr laufen. Ich begab mich zu einem Orthopäden namens Dr. Eisenbart. Er fragte mich, was ich habe, ich zeigte es ihm, und er gab mir eine Kortisonspritze und Ibuprofen, sagte mir, ich solle ein heißes Bad nehmen und eine Wärmeflasche auf mein Gesäß legen. Es wurde besser, aber es war nicht gut, die Schmerzen verbanden sich mit den Schmerzen in meinem rechten Knie und in meinen Ellbogen. Ich ging erneut zu ihm, und er meinte, er könne nicht alle Probleme lösen: „Meine gute Frau, ich kümmere mich immer nur um eine Sache. Was tut denn am meisten weh?"

Es war der Ischias. Der Ellbogen, so sagte ich ihm, tue nur weh, wenn ich drücke. Er sagte: „Also dann drücken Sie nicht, dann tut es auch nicht weh!" Klingt schlüssig.

Einmal stürzte der Göttergatte beim Skifahren. Er kam mit einer stark geschwollenen Hand nach Hause, es war natürlich am Wochenende. In Deutschland gibt es dann nur den Notdienst oder ein Krankenhaus. Er fuhr zu dem Notdienst, und es wurde festgestellt, dass er sich die rechte Hand gebrochen hatte. Sie wurde eingegipst und er musste zum Orthopäden. Am Montag ging er also zu Dr. Eisenbart. Der stellte dann fest, dass die Hand tatsächlich gebrochen war. Mein Göttergatte sollte den Gips vier Wochen lang behalten und danach Physiotherapie machen. Die Konsultation dauerte insgesamt nur 5 Minuten.

Ein anderes Mal hatte er Rückenschmerzen und ging wieder zu Dr. Eisenbart. Er blieb wieder nur fünf Minuten. Der Arzt sagte ihm, er solle sich hinlegen, kniete sich auf seinen Rücken, drehte seinen Kopf nach rechts und links und meinte dann: „So, das war's!"

Von wegen! Er ging mit denselben Schmerzen nach Hause, aber die vergingen mit der Zeit.

Meine Freundin ging mit Schmerzen in der Schulter zu ihm. Er sagte, man müsse operieren, und sie hatte schreckliche Angst. Da empfahl ich ihr, sie solle zu einem anderen Arzt gehen. Und das tat sie. Der sagte, man müsse gar nichts operieren, und siehe da: Mit Physiotherapie wurde es wieder besser.

49 Die gute Lage

Ich musste zur Arbeit zurückkehren. Wir brachten unsere Tochter in eine Kinderkrippe, und es war sehr gut, dass sie sich um das Mädchen gekümmert und Tausende Aktivitäten mit ihr unternommen haben.

Sie hat dort mehr Handarbeiten gelernt als später im Kindergarten. Sie hatten bestimmte Prinzipien: Das Kind war nicht verpflichtet, alles zu essen, aber es sollte zumindest das Essen probieren, wenn es behauptete, dass ihm dieses oder jenes Essen nicht schmecke.

Einmal waren wir zu einer Party eingeladen und sprachen dort mit anderen Müttern. Ich erzählte ihnen, dass ich mit der Kinderkrippe unserer Tochter sehr zufrieden sei. Sie fragten mich, wo die Kinderkrippe sei. Ich erwiderte, genau vor dem Friedhof und an der Seite des Gefängnisses.

Okay, ich gebe zu, es war keine gute Lage, aber hier in Deutschland bedeutet es Folgendes: Vor dem Friedhof bedeutet, dass es keinen Lärm gibt und sehr ruhig ist, und neben dem Gefängnis bedeutet, dass es supersicher und überwacht ist und es somit auch kein Problem mit revoltierenden oder fliehenden Gefangenen gibt.

Die anderen Mütter fanden meine Einstellung zur Lage der Kinderkrippe etwas seltsam.

50 Griechenland ist einen Schritt von der Hölle entfernt

Wir machten Urlaub in Griechenland. Zuerst ging es mit dem Flugzeug nach Athen und dann mit dem Mietwagen in die Stadt Nauplia auf dem Peloponnes. Vorher über den Kanal von Korinth.

Es war Sommer, und es war sehr heiß. Wir nannten das Auto „Kakerlake", weil es braun war und sich bergauf im Schnecken- beziehungsweise Kakerlakentempo bewegte.

Wir hatten eine Ferienwohnung gemietet, die sich nicht in Nauplia befand. Sie war ein paar Kilometer von der Stadt entfernt, einen Hügel hinauf, und wenn man zum Meer hinunterging, kam man an einen Strand mit Steinchen und Sand. Die Veranda zeigte aufs Meer, es gab ein Zimmer mit drei Betten und einem Schrank, ein Badezimmer mit Dusche, Waschbecken und Toilette, einen Essbereich mit Tisch und drei Stühlen, eine Küche mit Spüle, Kühlschrank und Herd, und unter der Wohnung befand sich die Garage.

Ich glaube, Griechenland ist einen Schritt von der Hölle entfernt, denn es ist dort sehr heiß. In Brasilien gibt es immer Wind, dort gab es zu dieser Zeit keinen. Die Griechen sitzen immerzu im Wasser, mit einem kleinen Hütchen auf dem Kopf, damit ihnen das Gehirn nicht kocht. Eigentlich hat das Wasser am Strand keinen kühlenden Effekt, denn die Wassertemperatur ist vergleichbar mit der einer Badewanne.

Wir waren in einem Supermarkt einkaufen, als ich einen Ventilator im Angebot sah. Ich sagte zum Göttergatten: „Sollen wir einen mitnehmen?" Er sagte: „Nein, so was brauchen wir doch nicht." Ich erwiderte: „Bei der Hitze, die man hier durchmacht, bräuchte man eine Klimaanlage, und die Wohnung hat keine. Wenn er dir zu teuer ist, zahle ich ihn eben." Gesagt, getan!

Der wahre Kampf begann, als wir den Ventilator zum Laufen gebracht hatten. Jeder wollte, dass der Ventilator vor seinem Bett stand, also stellte ich den Ventilator so ein, dass jeder ein wenig Wind abbekam. Den Ventilator haben wir heute noch im Keller, ein Souvenir aus Griechenland. Hier in Deutschland benutzen wir ihn kaum.

Die Wohnung lag zusammen mit fünf weiteren Wohnungen in einer Anlage. Die Nachbarin war Österreicherin. Sie war mit dem Auto gekommen – eine veritable Weltreise. Ihr Sohn war ein Jahr älter als unsere Tochter, und sie spielten ständig miteinander. Im letzten Bungalow wohnte ein Pärchen. Ich weiß nicht, warum, aber sie fingen an, laut zu streiten und die Türen zuzuschlagen. Sie sprachen Deutsch. Ich konnte es nicht ertragen. Also nahm ich meine Tochter und klopfte an ihre Tür. Eine junge Frau öffnete, ich nahm sie an der Hand und zog sie heraus. Dann brachte ich sie zu unserem Bungalow. Vorher sagte ich zum Nachbarn: „Ich werde die Polizei rufen!"

Sie erzählte mir weinend ihre Geschichte. Sie habe den jungen Mann in Deutschland kennengelernt, er komme aus Kroatien und sie seien nach Griechenland in den Urlaub gefahren. Es war zum Streit gekommen, vielleicht auch wegen der Affenhitze. Ich gab ihr etwas Zuckerwasser zu trinken – typisch brasilianisch –, und nachdem sie sich beruhigt und zu weinen aufgehört hatte, ging sie zurück zu ihrem Bungalow. Am nächsten Tag reisten sie ab. Ich hörte nie wieder etwas von ihnen.

Die Reise war schön, wir besuchten Olympia, Korinth, Mykene, griechische Theater, die Akropolis und verschiedene Museen. Wir haben arg geschwitzt, und an den steinigen Stellen war es natürlich noch heißer. Der einzige Vorteil daran war, dass ich nach der Reise kaum Kleidung waschen musste, denn wir hatten nur Shorts ohne Hemd (Göttergatte) und Büstenhalter (ich) getragen. Griechenland? Nur im Frühling oder Herbst, aber im Sommer nie wieder!

51 Die Retterin

Als meine liebe Mutter das letzte Mal hier war, hatte sie eine Kreditkarte dabei, die zwei große Geschäfte in Deutschland nicht akzeptieren wollten. Also ging ich zur Postbank, und es hieß, sie werde nicht angenommen. Wir steckten die Karte in den Automaten, und der behielt sie ein. Da ging ich zum Bankschalter, doch der Mitarbeiter meinte, er könne den Automaten nicht öffnen. Ich ging also zurück zum Geldautomaten, jemand anderes steckte seine Karte ein, der Automat spuckte seine Karte aus und dann die Karte meiner Mutter.

Daraufhin gingen wir zu einer anderen Bank. Dort versicherte die Kassiererin, dass die Karte angenommen werde, allerdings konnte Geld nur am Geldautomaten abgehoben werden. Ich hatte Angst, es zu versuchen, aber man half uns. Meine Tochter in Brasilien monierte, dass die Karte doch für ganz Europa gültig sei und dass mein Cousin sie in Frankreich benutzt habe. Schon möglich, aber in Deutschland funktionierte sie eben nicht. Am Ende hob sie gleich das ganze Geld auf einmal ab, denn sie wollte nach Tschechien, Ungarn und Österreich fahren, ohne die Sprachen dort zu sprechen, zu lesen oder zu schreiben. Wie sollte sie dort Geld auf Tschechisch, Ungarisch und Deutsch abheben?

Mein Mann und ich brachten sie nach Tschechien, er bezahlte das Hotel, in dem wir alle übernachteten, und das Abendessen. Sie bezahlte nur das Mittagessen. Als wir sie in das Hotel ihrer Reiseagentur brachten, sagte der Hotelrezeptionist, dass sie seit zwei Jahren nicht mehr mit der Reiseagentur zusammengearbeitet hätten, die ihr die Tour verkauft hatte. Der Mann war nett, rief bei der Agentur an und reichte mir den Hörer. Doch der Mann am anderen Ende sprach weder Deutsch noch Englisch. Ich fand heraus, dass er Spanisch sprach. Wir konnten also kommunizieren, und er nannte mir den Namen und die Adresse eines anderen Hotels, das noch mit der Agentur in Verbindung stand.

Wir gingen in das Hotel, sprachen mit der Rezeptionistin, und meine Mutter bekam ein Zimmer. Ich sagte zu ihr: „Bitte ruf mich nur an, wenn es wieder Probleme gibt!" Ihre Reisegruppe kam erst sehr spät in der Nacht an, sie blieb im Hotel, und wir machten uns auf den Weg nach Hause, weil wir am nächsten Tag sehr früh rausmussten.

Die Tour sollte in München enden und der Bus sollte sie hier absetzen. Der Reiseführer rief mich an und sagte, dass man sie in der Innenstadt absetzen werde. Wir vereinbarten einen Treffpunkt. Zum Glück fuhr der Bus direkt an meinem Haus vorbei, Mutter stieg aus und stand vor der Wohnungstür.

Sie liebt es, Klatsch über mich zu verbreiten. Tatsächlich bin ich der schlimmste Mensch in der ganzen Familie, wenn man all den Gerüchten glaubt, die sie über mich in die Welt setzt. Während ich dem Sohn einer Freundin Klavierunterricht gab, fiel ihr nichts Besseres ein, als meiner Freundin gegenüber schmutzige Wäsche zu waschen.

Ich bat sie am Flughafen, meiner brasilianischen Tochter gegenüber nicht schlecht über mich zu reden, schließlich war ich ja die Retterin der Kreditkarte und der Tour. Dreimal dürft ihr raten, was sie sofort nach ihrer Ankunft tat?

Kaum war sie zurück, lästerte sie vor meiner Tochter über mich.

52 Die Rückkehr zu den Ursprüngen

Mein Großvater war Italiener. Ich interessierte mich für die Sprache und besuchte einen Kurs im italienischen Konsulat. Immer, wenn mich mein Großvater besuchte, „parlavamos" (sprachen wir) ein wenig Italienisch.

Eines Tages fragte ich ihn, ob ich die italienische Familie in Italien besuchen solle, wenn ich einmal nach Italien reisen würde. Mein Großvater antwortete mir, dass es sehr einfach sei. Ich müsse erst mit dem Zug nach Ostiglia fahren, und von dort weiter mit dem Taxi nach Magnacavallo. Am Hauptplatz müsse man nach dem Hof der Bonacellis fragen.

Und so kam es, dass mein Ehemann und ich dort hinreisten. Als wir dort ankamen, wies uns eine Dame an, zum Kuhstall zu gehen. Mein Cousin Mário war gerade beim Melken. Ich stellte mich vor, wir unterhielten uns, und danach brachte er uns in ein Hotel. Wir vereinbarten, am nächsten Tag ins Rathaus zu gehen, um zu überprüfen, ob wir wirklich miteinander verwandt waren.

Gesagt, getan. Wir waren im Archiv des Geburtenregisters, und tatsächlich gab es dort die Geburtsurkunde meines Großvaters. Wir stellten fest, dass der Vater meines Großvaters der Bruder des Vaters meines Cousins gewesen war. Es war toll, denn ich lernte Onkel Ernesto kennen, der auch ein Cousin meines Großvaters war, seine Frau Marta, meinen Cousin Josefe, seine Frau und seine Mutter, die auch eine Bonacelli war.

Es gibt dort ein Fest für die Emigranten, die nach Brasilien ausgewandert sind, und auch ein Museum, in dem Fotos von unserer Familie ausgestellt werden. Manchmal besuche ich dieses Fest und treffe mich mit Mário und Josefe. Weil sie bereits sehr alt waren, sind Onkel Ernesto, seine Frau und auch die Mutter von Josefe leider mittlerweile verstorben.

Wenn wir uns treffen, ist es immer ein großes Fest. Ich bringe immer Geschenke aus Deutschland mit, mein Cousin grillt, wir trinken Lambrusco und essen die beste Salami, die es auf der Welt gibt, weil er sie selbst herstellt. Und jedes Mal, wenn ich nach Italien reise, schicke ich ihm eine Postkarte. „Tuttiebuona genti" – alle guten Leute. Ich habe mir vorgenommen, jetzt wieder Italienisch zu lernen, nur um mich mit meinen Cousins unterhalten zu können. Anbei eine (übersetzte) Chronik, die ich auf Italienisch geschrieben habe:

Ich liebe Italiener

Mein Mann sagt immer: „Du bist Italienerin", aber ich bin keine Italienerin, ich bin Brasilianerin mit drei italienischen Familien: den Bonacellis, den Favoredos und den Caputtis.

Auch wenn ich nicht gut Italienisch spreche, habe ich als kleines Mädchen bei meinen Großeltern Salvadore Bonacelli und Julia Favoredo viel gelernt, und ich habe nie die Worte vergessen: cazzarola, Mama mia, porca miséria."

Meine Mutter spricht immer von der Familie Bonacelli. Ich glaube, sie erinnert sich nicht mehr an ihre Familie, die Favoredos, und ihre Großmutter Lora Caputti, eine Frau mit zwölf Kindern, den Tagliatelle und ihren Weihnachtsspezialitäten.

Ich traf ihre Schwester, Tante Amelia, und ihren Bruder, Onkel Florentino, für mich Onkel Fiò, ein sehr besonderer Mensch, ein Pirat mit einem Holzbein, der sehr kinderlieb war und einen Kräuterladen besaß.

Heute unterhalte ich mich mit meinen Cousins Mário, Josefe, ihren Familien und Freunden, die Menschen aus Magnacavallo sind. Für mich: „alle guten Menschen."

Mit den Italienern zusammen zu sein, ist, wie sich in einem Traum aufzuhalten. Es ist, wie in die Vergangenheit zurückzukehren. Ich habe all die guten Menschen nicht vergessen, die ich geliebt habe, die aber leider bereits verstorben sind. Leute, die gesprochen haben. Leute, die gelächelt haben. Leute, die in meinem Herzen sind.

53 Die Neurosen der Deutschen

Jeder hat seine Neurosen. Ich habe einige von ihnen bereits in die Wiege gelegt bekommen und andere im Laufe meines Lebens erworben.

In die Wiege gelegt bekommen habe ich beispielsweise den Drang, alles ganz genau zu machen. Das Talent dafür habe ich von meinem Vater geerbt. Ich habe den Wunsch, alles perfekt zu machen. Aus diesem Grund habe ich Klavierspielen gelernt. Denn jeder, der ein Instrument lernt, möchte gerne perfekt spielen.

In Deutschland ist der Drang, Dinge zu perfekt zu machen, noch krankhafter. Die Deutschen organisieren gerne alles, sogar den Müll. Er wird getrennt und organisiert in Restmüll (der Rest), Biomüll (natürliche Dinge wie Gemüseschalen, Obst und Ei, Kaffeepulver usw.), Papier, Kunststoff, Metall und Glas, das wiederum in die drei Farben Weiß, Grün und Braun getrennt wird.

Sie haben auch eine Lärm-Neurose. Hier soll niemand Lärm machen, und jeder passt penibel auf, wer Lärm macht und wer nicht.

Das Bestehen auf Pünktlichkeit ist schrecklich, denn man muss nicht nur pünktlich sein, sondern mehr als pünktlich, oder genauer: fünf Minuten vor dem Termin zum Treffpunkt kommen.

54 Die brasilianische Bank und die deutsche Bank

Ich habe immer Probleme mit der Bank in Brasilien. Das hiesige Banksystem ist völlig anders. Hier geht man in eine Bank, in der mehrere Angestellte ansprechbar sind, und es gibt nur einen Kassierer. Man braucht keine Wartenummer, und meist ist nur eine Person vor einem dran. Alles ist schnell erledigt, und die Mitarbeiter unterhalten sich nicht miteinander oder gehen hinaus, um Wasser oder Kaffee zu trinken oder auf die Toilette zu gehen, und sie gehen auch nicht ans Telefon. Sie kümmern sich schlichtweg um ihre Kunden.

Hier gibt es Automaten, die per Display bedient werden, dort sind Tasten an der Seite des Displays. Ich bin immer so dumm und drücke dort auf das Display.

In Brasilien wartet man lange, bis man an der Reihe ist, und dann sagt ein Mitarbeiter das eine, und ein anderer Mitarbeiter sagt etwas anderes. Ich war in der Bank, weil ich in Deutschland wohne und meine Bankkarte in Brasilien abgelaufen war. Ich war vier Jahre lang nicht mehr in Brasilien gewesen. Zuerst musste ich eine neue Karte bestellen, da meine seit Dezember 2015 nicht mehr gültig war und wir bereits Juli 2017 hatten.

Es war einfach. Ich musste nur 10 Tage warten, bis meine Karte per Post zu Hause ankam (hier geht es viel schneller, man bekommt seine Karte innerhalb von 3 Tagen zugeschickt).

Ein Mitarbeiter teilte mir mit, dass man das Passwort ändern müsse, und als ich dann dort in der Bank war, informierte mich ein anderer Mitarbeiter darüber, dass er die Karte gar nicht bräuchte.

Ich ging in die Bank, um meine PASEP (Gewährleistung) abzuholen, da ich schon im Ruhestand war, aber die Bank hatte bereits geschlossen. Also ging ich am nächsten Tag hin. Ich hatte großes Glück, dass geöffnet war und ich das Geld abheben konnte. Es gab das Problem, dass ich das ganze Geld mitnehmen musste, weil ich noch keine Karte hatte, um das Geld einzuzahlen oder abzuheben.

Nachdem ich die Karte hatte, dachte ich darüber nach, das Geld wieder einzuzahlen und die Karte meiner Tochter zu geben, für den Fall, dass sie nach Brasilien reisen und das Geld benötigen würde. Ich habe in der Bank nachgefragt und wurde darüber informiert, dass ich das Geld wieder einzahlen könnte, aber dass es ein Problem damit gebe, das Geld abzuheben, da alle Geldautomaten den Fingerabdruck des Zeigefingers lesen müssten, um das Geld auszuzahlen. Das Problem daran ist wiederum, dass ich meiner Tochter nicht einfach meinen Finger mit auf die Reise geben kann. Ich brauche ihn zum Arbeiten, da ich Klavierlehrerin bin und ohne den Finger nicht Klavierspielen kann.

55 Happy End

Wie beendet man ein Buch? Der Witz ist ja, dass ich eine Biografie nicht im wahrsten Sinne des Wortes „beenden" kann, wenn ich noch nicht gestorben bin. Aber über mich reden und zu erzählen, warum ich geschrieben habe, und sagen, dass das Leben weitergeht, kann ich durchaus.

Den Menschen, die einmal unter dem Desinteresse ihrer Familie und deren Ablehnung gelitten haben, sei gesagt, dass es immer wieder eine Chance gibt. Das Leben birgt viele positive Überraschungen. Das Glück ist da, man muss es nur finden.

Ich habe gelitten, gelebt, gelernt. Ich bin heute ein völlig anderer Mensch als der, der sein Heimatland verlassen hat. Wenn es mir hier in Deutschland auch recht gut ergangen ist, so fühle ich doch Heimweh nach meinem Land, meinem Volk, unseren Bräuchen und vor allem nach all den schmackhaften Dingen, die wir in unserem geliebten Land auftischen.

Hier bin ich nichts, dort war ich Lehrerin, aber andererseits tue ich hier Dinge, die ich vielleicht nicht tun würde, wenn ich in Brasilien geblieben wäre. Was ich euch, den Lesern dieses Buches, vermitteln möchte, ist, dass das Leben voller Phasen ist – es gibt gute Phasen, aber auch schlechte. In schlechten Zeiten muss man auch mal hart im Nehmen sein oder sich um 180 Grad drehen.

Wenn alles schlecht läuft, sollte man etwas verändern, damit es wieder besser läuft. Alles hängt von der eigenen Person ab – im Willen, so heißt es, steckt die Macht. Ich kann euch einige Tipps geben: Lebt so gut, wie ihr könnt, gebt nur das aus, was ihr auch verdienen könnt, steckt eure Nase nicht in die Angelegenheiten anderer Leute. Es gibt viele Menschen, die nur allzu gerne vor sich hertragen, was sie haben, aber vielleicht bedeutet euch das, was sie haben, gar nichts.

Ein kleines Haus an einem beschaulichen Fleckchen ist besser als eine Villa, die ständig ausgeraubt wird. Ein hässliches altes Auto ist viel besser als ein Auto, das jeder stehlen will. Ein Gesicht mit einem glücklichen Lächeln ist besser als etliche Schönheitsoperationen, denn Freude und Schönheit kommen von innen.

Ich habe mal eine Frau kennengelernt, die zu einem plastischen Chirurgen ging. Sie meinte, sie wolle ihr Gesicht aufhübschen lassen, und das fand ich schrecklich. Der Chirurg fragte sie, welche Probleme sie ansonsten so habe, und sie erzählte ihm eins nach dem anderen, bis er schließlich erwiderte: „Wenn Sie all diese Probleme gelöst haben, kommen Sie wieder, dann operiere ich Sie. Aber so hat es keinen Sinn. In weniger als einem Jahr werden Sie wieder vor mir stehen und sich beschweren, weil die Operation nur ein paar Monate gewirkt hat und sich Ihr Gesicht wieder in Falten gelegt hat. Es geht in Wirklichkeit gar nicht um die Falten, sondern um die Probleme, die Sie haben. Sport und eine gesunde Ernährung, damit Sie einen gesunden und schönen Körper haben, sind viel besser, als sich unter das Messer zu legen, und obendrein billiger. Denken Sie mal darüber nach!"

Eine meiner Freundinnen hat ein Vermögen damit verpulvert, hier und da Verbesserungen an sich vornehmen zu lassen. Sie hat sich ihre Brüste vergrößern lassen, den Bauch und die Zellulitis absaugen lassen. Nur ein Jahr später wurde sie schwanger und alles war dahin. Ihre Brüste fielen nach unten, die Zellulitis kam zurück und sie bekam viele Schwangerschaftsstreifen dazu.

Ist es nicht besser, ein einfaches, bequemes Outfit zu haben, das einem gut passt, statt etwas Modisches, Teures, das einem gar nicht steht, nur weil Soundso das auch hat? Ist es das wirklich wert?

Wenn ihr ein erfülltes Leben haben und euch nicht mit tausend Dingen herumplagen wollt, ordnet alles nach Priorität. Wer erkennt, was ihm wichtig ist, kann eine Menge Überflüssiges sein lassen.

Nehmt euch ruhig etwas Zeit, um mit eurer Familie oder mit Personen, die euch wichtig sind, euren Ruhe- oder Urlaubstag zu teilen. Mal einen Spaziergang zu machen oder in einen Park, ins Kino, an einen Ort zum Vergnügen oder einfach an den Strand zu gehen. Wenn ihr Kinder habt, zeigt Interesse an ihren Aktivitäten in der Schule, wenn ihr könnt, helft ihnen, ansonsten ermutigt und lobt sie – das ist sehr wichtig.

Seht die andere Person nicht als Feind, sondern als ein Wesen wie euch selbst, das vielleicht andere Ideen, Gedanken und Verhaltensweisen hat. Ist diese Person deshalb seltsam? Oder anders formuliert: Versucht doch mal, sie zu verstehen und ihr eine Chance zu geben. Die Chance, die ihr anderen Personen gebt, gebt ihr euch im Endeffekt selbst.

Ich habe mein Leben verändert, und ich denke, dass ihr das auch könnt, wenn ihr euer Leben auch verändern wollt, aber denkt daran: Alles hängt nur von euch selbst ab! Dieses Buch ist nicht nur eine Sammlung meiner Erfahrungen, sondern auch von gelebten Geschichten, die ich von anderen

Menschen gehört habe. Und wer weiß, eines Tages werde ich vielleicht eure Geschichte lesen und sehen, dass ihr euch euren Platz an der Sonne verdient habt, nicht in „einem Ort in der Kälte Deutschlands", sondern in eurer eigenen Welt.

MIX

Papier | Fördert
gute Waldnutzung

FSC® C083411

Zeitfracht Medien GmbH
Ferdinand-Jühlke-Straße 7
99095 Erfurt, Deutschland
produktsicherheit@kolibri360.de